PERRY PAYNE

ORCHIDEEN IM WIND

Roman

Orchideen im Wind
Ein Buch von PPB – Perry Payne Books

Vertrieb TwentySix
Bibliografische Information der Deutschen Nationalbibliothek: Die Deutsche Nationalbibliothek verzeichnet diese Publikation in der Deutschen Nationalbibliografie; detaillierte bibliografische Daten sind im Internet über dnb.d-nb.de abrufbar.

TWENTYSIX
Eine Marke der Books on Demand GmbH

Herstellung und Verlag:
BoD – Books on Demand, Norderstedt

Cover: Perry Payne
Lektorat: Ilona Német, Perry Payne
Verantwortlich für den Inhalt des Textes ist der Autor Perry Payne
Buchsatz: PPB
Druck und Vertrieb: TwentySix

1. Auflage

Alle Rechte liegen bei PPB.
© 2022 Perry Payne
perry-payne.de

ISBN: 978-3740786991

Das Werk ist einschließlich aller seiner Teile urheberrechtlich geschützt. Jede Verwertung und Vervielfältigung des Werkes ist ohne Zustimmung von PPB unzulässig und strafbar. Alle Rechte, auch die des auszugsweisen Nachdrucks und der Übersetzung, sind vorbehalten. Ohne ausdrückliche schriftliche Erlaubnis von PPB darf das Werk, auch nicht Teile daraus, weder reproduziert, übertragen noch kopiert werden, wie zum Beispiel manuell oder mithilfe elektronischer und mechanischer Systeme inklusive Fotokopieren, Bandaufzeichnungen und Datenspeicherung. Zuwiderhandlung verpflichtet zu Schadenersatz. Alle im Buch enthaltenen Angaben, Ereignisse usw. wurden vom Autor nach besten Wissen erstellt. Sie erfolgen ohne jegliche Verpflichtung oder Garantie von PPB. Er übernimmt deshalb keinerlei Verantwortung und Haftung für etwa vorhandene Unrichtigkeiten.

ORCHIDEEN IM WIND

Jede Begegnung ist ein Augenblick, eine Momentaufnahme des flüchtigen Blickes und allzu oft mit Vorurteilen besetzt oder inhaltslos. Sie ist nichts weiter, als ein winziger Auszug der Bedeutungslosigkeit selbst. Dabei ahnen wir nicht im Entferntesten, welche Wunder sich hinter den einzelnen Menschen verbergen, welche Schicksale, Hoffnungen, Talente und phantastische Geschichten sie in sich tragen.

Aber manchmal, wenn wir aufmerksam sind oder die Zeit gekommen ist, dürfen wir einen Teil dieser Geschichten werden. Und wenn das geschieht, ist es genau der Augenblick, an dem ein neues Wunder beginnt.

Prolog

Alles war dafür gemacht, zerstört zu werden oder verloren zu gehen. Zweifellos konnte diese Tatsache nicht die optimale Grundlage für ein erfülltes Menschenleben sein. In Zeiten der Ruhe und des besinnlichen Rückblicks offenbarte sie gar eine gewisse Sinnlosigkeit des eigenen Seins. Vornehmlich traf das für schwierige Lebensumstände zu, saß aber gleichermaßen im trügerischen Detail des Gewöhnlichen wie eine Spinne in ihrem Versteck, einem verlorengegangenen Notizzettel oder einer defekten Taschenlampe bei Stromausfall. Das Leben handelte vom Neubeginn und der Zerstörung. Seit Jahrmillionen hatte nichts anderes Bestand auf dieser Welt. Nur dominierte bei der jungen Emily der Zerfall, als würde er ihr nachstellen. Was sie anfasste, zerbrach unter ihren Händen.

An diesem Abend dachte Emily viel nach und hatte die Idee, dass hinter dem Leben und all den Dingen auf der Welt eine größere Bedeutung stecken musste. Da ihr bisher niemand eine vernünftige Antwort darauf geben konnte, machte sie sich auf den Weg, um hinter das Geheimnis des Lebens zu kommen. Die Suche nach der Wahrheit dauerte Monate und Jahre, überschattete ihre ereignisreiche Jugend, bis sie im Sumpf der Erschöpfung ihr Ziel aus den Augen verlor. Und dann geschah etwas Furchtbares, das ihr Leben auf eine Weise ändern sollte, mit dem sie nie gerechnet hätte.

-

Nachdenklich legte Emily ihren schmalen Finger an die Lippen und sah zwischen den großen Eschen vorbei auf das blaue Meer hinaus. Die Sonne bildete schillernde Sternchen in ihrem dunkelrot gefärbten Haar. Sie musste blinzeln, nickte sanft und dachte an die alten Zeiten, als ihr Körper noch zu ihr gehörte, sie laufen konnte und nicht an den Rollstuhl gefesselt war.

„Essen Sie etwas", sagte die Schwester und riss sie damit aus den Gedanken. Sie hielt ihr einen Teller mit zwei belegten Brotscheiben und einem Apfel entgegen.

Emily drehte ihren Kopf weg. Was spielte in ihrer Situation Essen für eine Rolle? Die Sonne blendete und es roch nach Pinienzapfen.

„Nun machen Sie schon, Miss Emily Jensen. Sie brauchen Kraft für diesen herrlichen Tag."

Emilys Wangenknochen bebten und sie sah mit zusammengekniffenen Augen zu der Schwester.

„Gib den Fraß den Leuten, die ein Leben haben", sagte sie schnippisch und wartete auf ihre Reaktion.

„Es gibt viele Menschen, die nicht laufen können und durchaus damit klarkommen. Ich kenne ausgezeichnete Künstler, Musiker und berühmte Maler, die trotz gewaltiger Einschränkung großartige Dinge erschaffen haben. Vergessen Sie nicht, dass es nur Ihre Beine sind. Das Leben ..."

Emily unterbrach sie mit verschränkten Armen. „Hast du irgendetwas am Kopf, oder wieso kapierst du es nicht?" Verachtend zeigte sie an sich herunter zu den Beinen, die nutzlos und seit dem speziellen Tag zu einer Last geworden waren.

„Der Anfang ist immer schwer. Geben Sie die Hoffnung nicht auf. Und jetzt essen Sie ein wenig, dann machen wir Ihre Übungen. Vielleicht können Sie schon in ein paar Monaten wieder laufen." Die Schwester hielt ihr geduldig den Teller entgegen.

„Wenn du mir wirklich helfen willst, schiebst du mich nach vorn." Emily zeigte zur Küste. „Einfach bis zur Klippe. Den Rest erledige ich selbst."

„Das werde ich gewiss nicht tun, junge Dame", sagte die Schwester eindringlich und stellte den Teller auf Emilys Oberschenkeln ab. „Auch wenn Sie derzeit die Sonne in ihrem Herzen nicht spüren können, wärmt sie die Welt und wartet darauf, dass Sie wieder ihr Licht sehen. Das Leben geht weiter. Und es ist schön. Auch für Sie. Vertrauen Sie mir.

Im Übrigen dreht sich nicht alles um Sie. Andere haben größere Probleme, also jammern Sie nicht herum. Ich lasse Sie jetzt alleine." Die Schwester wandte sich ab und eilte ohne einen weiteren Versuch, Emily umzustimmen, zur Klinik davon.

„Du hast etwas vergessen!", schrie Emily und warf ihr den Teller hinterher. Die ansprechend belegten Brote verteilten sich im Gras. Rollend überholte der Teller die Schwester, die sich aufgebracht zu ihr umdrehte.

„Man sollte Ihnen den Hintern versohlen", rief sie und sammelte den Teller und die Brotscheiben ein.

„Dann komm doch, alte Schachtel! Versuche es nur", brüllte Emily, ließ den Kopf hängen und fügte leise hinzu: „Dann wäre dieser Körperteil wenigstens zu etwas zu gebrauchen."

Sie wischte ein Stück Käse von der Hose, verschmierte ihn, zog einen Flunsch und bekam einen Wutanfall. Gefrustet rüttelte sie an dem lästigen Rollstuhl und keuchte: „Ich weiß, wann es vorbei ist."

Emily atmete schwer durch.

Die Luft war salzig und frisch und der Wind trug den Geruch von toten Fischen und Algen herüber. Ihr Magen knurrte, doch der Kummer war stärker als Hunger, und sie hatte den Entschluss gefasst, es jetzt zu Ende zu bringen.

Mit dem Zeigefinger schob sie den kleinen Hebel auf Sitzhöhe des Rollstuhls nach vorn und die Räder waren frei. Kräftig stemmte sie sich gegen den Handlauf auf beiden Seiten. Die Wiese war flach und akkurat gemäht, aber mit den schmalen Rädern kam sie nur beschwerlich voran. Jeder einzelne Meter, mit diesem störrischen Teil verlangte enorme Kraft. Sie beugte sich vor, umfasste den Handlauf der Räder und steigerte verärgert den Schwung.

Zwischen den Eschen und Mahonien verliefen große graue Gehwegplatten, die zu Holzbänken führten, die weiter vorne im Kreis angeordnet waren und im Schutz der alten Büsche des Öfteren heimlich von Rauchern genutzt wurden.

Um diese Zeit waren die meisten Patienten bei Therapien oder in ihren Zimmern, weswegen der Park nahezu verlassen war. Nur ein alter Mann saß einsam dort auf einer Bank. Er hatte die Augen geschlossen, die Arme verschränkt und das Gesicht zur Sonne gereckt. Neben ihm lehnten zwei Krücken an der Bank und sein geschientes Bein stand sperrig ab.

Emily brauchte eine Pause. Sie schüttelte ihre Arme aus.

Der Typ hatte wenigstens noch ein gesundes Bein, und sie spürte nicht mal ihre Hüfte. Gewiss würde er es irgendwann schaffen, hatte eine Zukunft vor sich - er und die meisten anderen, die hier untergebracht waren.

Sie verzog den Mund, schnaubte und rollte weiter, steckte die ganze Kraft ihres Oberkörpers in die Arme und bewegte die Räder, als wären sie Mühlsteine. Nach dem Plattenweg holperte sie mit dem Rollstuhl über die Grasnarbe bis nach vorn zum Geländer. Hier sah sie sich um. Diese Stelle hinter den Büschen konnte niemand vom Haupthaus einsehen, nicht einmal der Kerl mit dem geschienten Bein. So hatte sie genug Zeit, nach vorn zu kriechen und Abschied zu nehmen.

Ungelenk ließ sich Emily aus dem Stuhl gleiten. Ohne die Kraft ihrer Beine war es unglaublich beschwerlich, den eigenen Körper zu bewegen und unter dem Geländer hindurchzuziehen. Früher brachte Emily nicht mal zwei ordentliche Liegestütze hintereinander zustande, und jetzt musste sie Höchstleistungen vollbringen.

Keuchend und mit schmerzenden Muskeln in den Oberarmen fluchte und jammerte sie. Tränen der Verzweiflung liefen ihr über die Wangen und sie verteufelte jeden Zentimeter, den sie vor sich hatte. Und genau diese Tatsache verdeutlichte ihr jämmerliches Leben, die Sinnlosigkeit des Seins und das eines unvollständigen Menschen.

Die scharfkantigen Steine schmerzten an den Handflächen und den Ellenbogen. Ein Schuh verhakte sich im Gestrüpp und hielt sie fest, wie eine Hand, die sie zurückhalten wollte. Verärgert zerrte sie am Hosenbein, griff unter ihr Kniegelenk und ruckte am Bein.

„Verdammt!", knirschte sie.

Der Schuh blieb fest verhakt und ein halber Meter lag noch zwischen ihrem jämmerlichen Leben und der Erlösung. Entkräftet legte sie ihren Kopf auf den harten scharfkantigen Steinen ab, sammelte Kraft und spürte das Zusammenspiel der wärmenden Sonne und den Geräuschen der Welt mit den Wellen, die gegen die Brandung schlugen. Kreischende Möwen und das Rauschen der Blätter erreichten ihren Verstand sowie versöhnliche Düfte des Meeres garnierten ihre Wahrnehmung.

Prinzipiell war die Welt gar nicht so übel. Nur leider war sie für andere gemacht, diejenigen, die ihre Portion vom Glück abbekommen hatten, ein kleines Haus, einen Lebenspartner und einen Job, den sie vielleicht sogar mochten. Auch Emily hatte ihre Zeit, aber diese war seit dem Unfall abgelaufen.

Sie hob ihren Kopf, atmete tief durch und drehte sich auf die Seite, riss wieder an ihrem Bein und konnte den Fuß aus dem Schuh ziehen.

Ihre Hände waren staubig und zerschnitten, und eine blutige Schramme in ihrem Gesicht schmerzte, als hätte sie einen schweren Kampf hinter sich.

Sie schob sich weiter voran, erreichte den Felsvorsprung und hielt inne. Weit unten lagen dunkle nasse Felsen. Sie waren abgebrochen und ragten scharfkantig und hart wie furchteinflößende Zähne empor, die nach ihr zu lechzen schienen und ihr begierig zuwinkten. Zwölf Meter freier Fall sollten genügen. Schließlich waren die Dinge und das Leben selbst dafür gemacht, für immer verloren zu gehen.

Drei Wochen zuvor

Die Grundstücksgrenze von Emilys verfallenem Haus war ein verwitterter Betonsockel auf dem einst ein geschmiedeter Zaun mit filigranen Schnörkeln und Speeren mit aufgesetzten Spitzen in der Form von Blättern gestanden hatte. Jetzt war der Zaun zugewachsen, verbogen und korrodiert. Er hatte die grüne Farbe verloren, Segmente waren umgekippt oder gänzlich verschwunden. Zwischen dem Zaun und dem Haus, das keineswegs besser als der Zaun und der Vorgarten aussah, wucherten inmitten von dürrem Gras wilde junge Bäume und vernachlässigte Hecken, die sich in den letzten Jahren unkontrolliert ausgebreitet hatten. Durch die Äste fielen die ersten Sonnenstrahlen des jungen Tages auf die maroden Dachziegel des einsturzgefährdeten Hauses in der Cleve Street. Feine Nebelschleier stiegen davon auf und bildeten einen übersinnlichen Vorhang, der die Neugier auf den Tag wecken sollte.

Knapp vier Jahre lebte Emily an diesem chaotischen Ort, obwohl es anfangs nur als Übergangslösung gedacht war.

Mit aneinandergelegten Knien, ausgestellten Füßen und anhaltend gähnend begrüßte sie sitzend den neuen Tag auf dem Bordstein vor dem Haus.

Die Luft roch unverbraucht und rein. Dazu mischte sich eine dezente Note Moschus, einem Duft, der in der warmen Sonne aus ihrer knappen schwarzen Lederjacke aufstieg.

Nach etlichen Monaten Onlineabstinenz besaß sie wieder ein Smartphone und sie schaltete es ein.

Hoffentlich hat der Typ ein ordentliches Datenvolumen aufgeladen, dachte sie und erinnerte sich an die vergangene Nacht im Pub. Irgendwie tat ihr der Typ jetzt leid. Sie kniff ihre Augen zusammen, überlegte und brauchte eine Weile, bis ihr sein Name wieder einfiel. Er hatte ihn zweimal gesagt, nein eher geschrien, um die laute Musik zu übertönen. Und sie hatte ihr Ohr dicht vor seinen Mund gehalten und den warmen Atem gespürt. Seth. *Ja,* sein Name war Seth. Sie schmunzelte und nickte selbstzufrieden. Zumindest funktionierte ihr Gehirn besser als ihre Moral.

Seth hatte keine Sperre in seinem Smartphone eingerichtet. Wie naiv musste jemand in der heutigen Zeit sein, um nicht mal einen simplen Schutz einzustellen?

Sie erinnerte sich an seine strahlend blauen Augen und den rechten Mundwinkel, der sich beim Lächeln ein winziges Stück öffnete. Das hatte ihn interessant gemacht. Das, und die Art, wie er gesprochen hatte. Mehr noch, er war irgendwie niedlich. Dabei suchte Emily in keiner Weise eine Bekanntschaft oder stand auf rotblonde Typen. Bei ihm könnte sie möglicherweise eine Ausnahme machen. Doch diese Option hatte sie gegen Mitternacht zerstört, genau zu dem Zeitpunkt, als sie ihm das Smartphone geklaut hatte.

Sie grübelte über die verfahrene Situation und wischte sich mit dem Handrücken über die Lippen. Zweifelsfrei existierte doch ein zartes Verlangen, welches sie nach dem letzten Reinfall mit dem Kerl von der Westküste erleben musste und für immer in den Tiefen ihrer Seele beerdigt bleiben sollte. In diesem Moment war es klar. Sie wollte ihm sein Smartphone zurückzugeben. Das war ein durchaus ungewöhnlicher Gedanke, zumal ihr bisheriges Leben eine andere Moral zeichnete, bei der einer verliert und der andere gewinnt. Nur diesmal sprach ihr Herz ein Wörtchen mit, und das änderte die eingefahrene Meinung.

In seinen gespeicherten Daten wollte sie herausfinden, wo Seth wohnte. Das Bildschirmmenü führte sie zu einer Bildergalerie, die mit Schnappschüssen einer jungen Frau begann. Emilys Stirn legte sich in unschöne Wellen, als würde ein Sturm aufziehen. Dann folgte die bunt besprühte Fassade des Monument Parks in Dublin und jede Menge Selfies von ihm. Er hatte einen leichten Bauchansatz und war um die fünfundzwanzig. Auf einem Bild erkannte sie diesen sympathischen Gesichtsausdruck, den sie bei ihm mochte und den typischen Mundwinkel, wodurch sich in Gedanken seine raue Stimme formte, als stünde er neben ihr.

Emily scrollte bis zu einem Bild weiter, auf dem er stolz seinen blanken Bauch in die Kamera reckte. Ihm standen die gewellten Haare ab, als hätte er sie kurz vorher trockengerubbelt, war unrasiert und grinste versonnen.

Ja, er hatte es verdient sein Smartphone zurückzubekommen, gleich heute. Sie brauchte nur noch eine passende Erklärung und eine verrückte Geschichte, eine, die ihn nicht sauer auf sie werden ließ. Vielleicht half dabei ihr mystischer Augenaufschlag?

Alleine der Gedanke ließ sanft die Schmetterlinge in ihrem Bauch fliegen und eine dezente Nervosität, die sie seit Jahren vergessen hatte, hielt Einzug in ihr Gemüt.

Emily schaltete ab, schleuderte mit gekonnter Kopfbewegung ihre langen Haare hinter eine Schulter auf die Kapuze und blickte auf eine winzige Blüte mit ihren kleinen weißen Blütenblättern, die sich aus einem Spalt im Asphalt emporhob.

„Existierte die Liebe wirklich?", fragte sie sich leise bei dem Anblick. „Oder ist sie nichts weiter als eine Erfindung der Filmindustrie oder Leuten, die über das Glück philosophierten?"

Schwerfällig erhob sie sich und schob das Smartphone in die Gesäßtasche ihrer knappen Hotpants mit dem ausgefransten Saum. Unter dem Hauch Stoff trug sie eine schwarze Strumpfhose mit unübersehbaren Löchern.

Sie kniff die Augen zusammen und hielt eine Hand gegen die grelle Sonne. Auf der anderen Straßenseite erkannte sie Tina und Betty. Vermutlich waren sie auf dem Weg zur Uni.

„Hey!", rief Emily herüber und winkte ihnen zu. „Lust auf einen Kaffee?" Sie kramte in ihrer Lederjacke, fand Kondome, ihren dunkelroten Lippenstift, zwei geknüllte Fünf-Dollarnoten und ein benutztes Taschentuch. Außerdem wühlte sie eine kleine aufgerissene Tüte Twizzlers hervor, die sie sich schnappte und eine rote Lakritzstange herauszog. Genüsslich biss sie davon ab.

„Emy", rief Betty und kam mit Tina zu ihr gelaufen. „Wie lange warst du im Club?"

Kauend legte Emily ihre Hand auf die Stirn, rümpfte ein wenig die Nasenspitze und zog die Lippen zusammen. „Keine Ahnung. Jedenfalls habe ich den Sonnenaufgang gesehen, bevor ich eingeschlafen bin." Sie umarmte erst Betty, dann Tina.

„Hat der hübsche Blonde angebissen?", wollte Emily von Tina wissen.

„Nein", sagte sie zögerlich. „Der Idiot hat sich

gleich nach dem Drink aus dem Staub gemacht." Abwertend zuckte sie mit den Schultern.

„Ist vielleicht gar nicht so verkehrt", sagte Emily und überlegte eine Weile. „Irgendwie stellt sich jedes Mal heraus, dass es alles selbstsüchtige Idioten sind. Vermutlich ist es besser, wenn ich mir ein eigenes kleines Königreich erbaue. Eines Tages. Dann bin ich eine Königin mit eigenem Land und wohne weit draußen in beschaulicher Ruhe und dem Blick in die Berge. Dafür ist eine feste Beziehung zu einem Mann kaum hilfreich."

„Träum weiter", entgegnete Tina und grinste.

„Nein, im Ernst." Emily war euphorisch. „Zuweilen geht das Schicksal seltsame Wege. Ich meine den Mist, den ganz großen Mist, der üblicherweise für ein ganzes Menschenleben reicht. Ich habe den längst abgearbeitet. Und ich finde, die Zeit ist reif für ein wenig Gunst."

„So etwas passiert nur im Märchen. Dummerweise wird Glück nicht gleichmäßig unter den Leuten aufgeteilt. Die einen haben es im Überfluss, die anderen warten ihr komplettes Leben darauf", sagte Betty.

„Also ich werde wohl nie so eine Königin sein. Dazu bin ich zu abhängig von meinen Eltern, dem guten Willen der Referenten und wahrscheinlich dem fiesen Boss, dem ich irgendwann dienen muss." Tina lachte über ihre eigenen Worte und ergänzte: „Ich kann den Arsch jetzt schon nicht leiden."

Emily stimmte grinsend ein: „Ganz ehrlich? Ich würde niemals dein Chef sein wollen. Das geht überhaupt nicht."

„Hey", Tina runzelte die Stirn. „Was soll das heißen?"

Schmunzelnd winkte Emily ab. „Vergiss es."

„Wir haben noch eine halbe Stunde bis der Unterricht beginnt. Gehen wir kurz in das Diner an der North Street", schlug Betty vor und legte einen Arm um Emilys Hüfte

Emily und Tina gefiel der Gedanke.

Gemeinsam liefen sie die Jackson Street entlang und bogen kichernd zum nahegelegenen Deano´s Diner ab.

Emily begeisterte nach wie vor ihre Vorstellung von einer glücklichen Zukunft. „Du musst nur fest an deine Träume glauben. Ich bin reif für das große Glück."

„Falls du etwas genommen hast, will ich das Zeug auch." Tina grinste und schüttelte ihren Kopf, strich mit gespreizten Fingern durch ihre fülligen Haare und hielt sie nach oben weg. „Was sollte das Schicksal wohl daraus machen? Sieh mich an. Ich würde schnell das Weite suchen, wenn ich ein Date mit mir hätte."

Betty alberte mit: „Dabei sind deine Haare noch das Beste an dir."

Diese Bemerkung brachte ihr einen freundschaftlichen Schlag in die Rippen ein. „Ha, ha. Sehr witzig", sagte Tina und funkelte gespielt böse mit den Augen.

„Au! Stimmt doch", beteuerte Betty grinsend und wandte sich an Emily. „Ich wäre froh, wenn ich ihre Haare hätte. Sag mal, wie machst du das überhaupt? Bei dir hat sich bisher nie ein Kerl verkrümelt, wenn du es nicht wolltest. Verwendest du ein geheimes Zaubermittelchen?"

Lapidar zuckte Emily mit den Schultern.

„Jetzt sag schon, wie machst du das?"

Emily blieb stehen und lächelte. „Das ist meine

Aura, Mädels. Keine Ahnung, aber vielleicht mögen die Männer Frauen mit meinem Format." Sie blinzelte keck.

„Angeberin", sagte Tina und Betty meinte: „Du könntest absolut jeden haben."

„Was hätte ich davon? Letztlich sind es doch alles Idioten." Dabei musste sie an Seth denken. Vielleicht war er die Ausnahme?

Tina erreichte die Tür von Deano´s als erste und drückte sie auf. Sie ließ die beiden durchgehen und folgte.

Frischer Kaffeeduft lag in der Luft. Eine Kühlvitrine am Eingang, in der sie auf verschiedenen Etagen leckere Torten übereinandergestapelt hatten, summte leise vor sich hin.

Die Mädchen setzten sich an einen Vier-Personen-Tisch an die große Fensterfront.

„Ich denke, du hast unverschämtes Glück mit den Kerlen." Betty klammerte sich an das Thema und blätterte beiläufig in der Frühstückskarte.

„Wenn du meinst", sagte Emily gelangweilt und schnappte sich ebenso eine Karte aus dem unscheinbaren Holzständer. „Ist mir egal."

„Ich wette, dass du nicht jeden haben kannst." Angriffslustig sah sie Tina an, legte die Hände flach auf den Tisch, beugte sich zu ihr herüber und wartete herausfordernd auf eine Reaktion.

„Willst du wetten?"

Jetzt hatte auch Betty ihre Aufmerksamkeit.

„Klar. Was meinst du? Bist du dabei?" Tina grinste keck.

„Unsinn, um so einen Scheiß wette ich nicht." Emily hob eine Hand und rief zum Service: „Können wir Kaffee bekommen?"

„Weil du es nicht drauf hast", bohrte Tina weiter.

Betty stimmte mit ein: „Sie hat recht, Schätzchen. Leider hast du eine ziemlich große Klappe für so ein kleines Mädchen. Beweise, dass du es kannst."

„Leckt mich." Emily ließ beiläufig die Untersetzer zwischen ihren Fingern tanzen.

Die ältere Frau mit der rot karierten Schürze brachte drei Tassen und goss Kaffee aus einer Glaskanne ein. „Wisst ihr schon was ihr wollt, Mädels?" Sie wischte sich eine Hand an ihrer Schürze ab, auf der sich schon einige Kaffeeflecken befanden.

Emily zuckte mit den Schultern und Tina sagte: „Ich nehme das Frühstücksspezial."

Betty schloss sich ihrer Bestellung an und die Bedienung wartete auf die Entscheidung von Emily.

„Kaffee genügt. Hab gerade nicht viel Kohle." Sie winkte ab. Die Bedienung nickte und ging zum Tresen.

Tina zeigte in den Raum an das hintere Ende des Diners. Dort saß ein attraktiver Junge in ihrem Alter. Er saß allein am Tisch, las ein Buch und nippte beiläufig am Kaffee.

„Nimm den. Beweise was du drauf hast", forderte Tina. „Kriegst du ihn in fünf Minuten rum?"

„Was soll das? Ich brauche nicht Mal eine Minute. Davon abgesehen muss ich niemandem etwas beweisen", sagte Emily herablassend.

Betty stieß Tina gegen den Ellenbogen: „Sie hat absolut recht. Der Typ wäre viel zu einfach." Mit durchgestrecktem Rücken sah sie sich im Diner um. Zwei ältere Damen saßen ein paar Tische weiter und ein Farmer aus East Laurens wartete an der Bar auf seine Bestellung. „Wie wäre es, wenn du den Erstbesten abschleppst, der durch diese Tür kommt? Da kannst du zeigen, was du draufhast."

„Leute. Was wird das hier? Ich habe keine Lust auf eine dämliche Wette."

„Los, jetzt mach mit", flehte Tina.

„Um was willst du wetten?", fragte Emily gelangweilt und trank einen Schluck vom heißen Kaffee. Dann stellte sie den Pott ab und sah die beiden abwechselnd an. „Was bekomme ich, wenn ich mitspiele?" Sie grinste.

„Keine Ahnung. Was willst du haben?", fragte Tina.

„Also gut, wenn ich da mitmache, tragt ihr mir eine Woche lang die Tasche hinterher, kauft für mich ein und räumt meine Bude auf." Sie grinste selbstzufrieden. „Außerdem müsst ihr mich überall hin begleiten, die Türen aufhalten und euch vor mir ehrwürdig verbeugen."

„Bist du noch ganz dicht?" Tina gefiel der Vorschlag offensichtlich nicht.

Emily zwinkerte ihr zu. „Zuerst die große Klappe und dann ist nichts dahinter. Also lassen wir das und genießen unseren Kaffee, okay?"

Tina legte ihre Hand auf Bettys Arm und sah Emily ernst an. „Nein, warte. Du hast fünf Minuten für den nächsten Kerl, der durch diese Tür kommt. Die Wette gilt."

Betty gefiel der Gedanke. „Stimmt. Das schaffst du nie. Dann wirst du unsere Taschen eine Woche lang tragen und dich vor uns verneigen. Tja, tut mir leid, Schätzchen. Die Wette gilt."

Tina steigerte sich in die Sache hinein. „Du musst es aber mit ihm treiben, sonst ist die Wette verloren."

„In fünf Minuten? Soll ich dem Kerl gleich am Tresen die Hosen vom Leib ziehen?" Emily gefiel das nicht.

„Natürlich nicht. Aber du musst ihn in fünf Minuten abschleppen und dann kannst du dir meinetwegen den ganzen Tag Zeit für den Rest lassen."

„Ihr seid so bescheuert", sagte Emily, schüttelte mit dem Kopf, trank etwas und sah die beiden wieder abwechselnd an. Dann atmete sie schwer durch und sagte: „Ihr werdet meine Sklavinnen sein." Ihre Lippen zogen sich in die Breite.

Das Essen kam. Tina biss kurz ab, wickelte den Bagel in eine Serviette ein und stopfte ihn in die Tasche.

„Als Beweis schießt du ein Foto von ihm." Betty schmunzelte ebenfalls. „Dabei muss er völlig nackt sein. Verstanden?"

„Kein Problem." Emily legte ihre Hand auf die Tischmitte. „Schlagt ein, wenn ihr meine Sklavinnen sein wollt."

Tinas Hand klatschte darauf. „Die Wette gilt."

„Was ist mit dir, Sklavin?", Emily forderte Betty auf.

Zögerlich senkte Betty ihre Hand auf die der anderen und sagte: „Klar, ich kann mir doch das Nacktfoto nicht entgehen lassen."

„Wir müssen bald los. Hoffentlich kommt dein Loverboy schnell durch die Tür. Bin gespannt, wer es sein wird. Wäre blöd, wenn es mein Dad ist", sagte Tina und stupste Betty an. „Leute, ich hab kein Geld dabei. Wir sollten uns durch die Hintertür verdrücken." Tina zeigte ihre leere Jackentasche.

Betty nickte. „Bin auch pleite. Dann werden wir uns das Essen wohl schenken lassen müssen."

Emily beugte sich vor und flüsterte: „Spinnt ihr? Was ist mit euch los? Ihr wisst, dass ich die Letzte bin, die irgendeinen Scheiß nicht mitmacht, aber sie haben uns in dem Schuppen schon einmal erwischt. Wenn wir auffliegen, geht es nicht mehr glimpflich ab."

„Was soll schon passieren? Wir können schneller rennen, als der fette Boss", sagte Tina.

Emily packte ihre beiden Fünf-Dollar-Noten auf den Tisch und strich sie glatt. „Das können wir nicht bringen. Ich bezahle für uns", sagte sie und verzog die Lippen. „Das ist meine letzte Kohle, Bitches."

„Nein, das brauchst du nicht zu machen. Steck dein Geld weg. Wir verdrücken uns im passenden Moment und fertig", zischte Betty und schielte zum Tresen.

Tina trank einen Schluck, wischte sich über die Lippen und zog sich einen Schein heran: „Wow. Seht euch das an." Sie drehte ihn mit zwei Fingern herum.

„Was soll damit sein?"

„Die Seriennummer enthält sieben Mal die Sieben. Das ist ein verdammter Glücksschein. Den darfst du auf keinen Fall ausgeben. Wenn du ihn behältst, wird er dein Geld in Windeseile vermehren. Und wenn du ihn ausgibst, bringt er dir solange Pech, bis er wieder zu dir zurückkommt. Du musst echt darauf aufpassen."

Betty betrachtete die Seriennummer. „Stimmt. Den kannst du nicht ausgeben." Sie zwinkerte Tina zu.

„Schwachsinn", sagte Emily. „Ihr seid Idioten."

„Nein im Ernst. Du musst den Schein markieren, damit er zu deinem Glücksschein wird." Tina schob ihn zurück und legte einen Kugelschreiber dazu. „Das ist eine ernste Angelegenheit."

Emily verzog den Mund, sah die beiden kritisch an und nahm den Stift. „Was soll ich drauf schreiben?"

„Egal, irgendein besonderes Zeichen, etwas, was nur du kennst."

„Also gut. Ich mache es für den Luxus in der Zukunft." Sie malte die Blüte einer Orchidee in die untere rechte Ecke.

In diesem Moment ging die Tür auf und Betty und Tina stierten gleichzeitig dorthin. Emily saß mit dem Rücken zur Tür. Sie verdrehte die Augen und atmete schwer durch. „Also, sagt schon. Wer ist es?", sagte sie und zog die Worte in die Länge.

Betty legte ihre Hand auf Emilys Arm. „Das tut mir jetzt fürchterlich leid, Liebes, aber wir haben gerade unsere Sklavin gewonnen."

Emily blickte über ihre Schulter zur Tür. Ein alter Mann kramte in seinem schmuddeligen Stoffbeutel. Er hatte lichtes Haar, einen ungepflegten, spärlichen Vollbart und üppige Augenbrauen. Seine braune Lederjacke hatte sich über den Taschen und am Reißverschluss dunkel gefärbt. Darunter trug er zwei weitere Jacken. Die Jeanshose war ihm viel zu groß. Sie kannte ihn nicht, und er sah wie ein ungepflegter Landstreicher aus.

„Hast du es schon mal mit einem Penner getrieben, Sklavin?", sagte Tina siegessicher.

Emily erhob sich mit den Händen auf den Tisch gestützt. „Ihr seid so peinlich und ich werde genießen, wie ihr eine Woche lang unter meiner Herrschaft leidet", zischte sie ernst.

Betty hielt sie am Arm auf. „Hey, Kleine, du musst das nicht machen. Wirklich."

„Abgemacht ist abgemacht", feixte Tina.

Emily riss sich los und ging geradewegs zu dem Alten hinüber. Er hatte sie noch nicht bemerkt.

Betty zischelte hinter ihr her: „Lass es bleiben."

Doch Emily ließ sich nicht beirren.

Der Mann hielt sein Portemonnaie in der Hand und steuerte auf den Tresen zu. Ihre Wege kreuzten sich, bis er vor Emily stand. Er tapste von einem Fuß auf den anderen und sie spiegelte seine Bewegung.

Der Mann verharrte, zog eine Augenbraue hoch und sagte mit tiefer, leiser Stimme: „Du zuerst." Er deutete an sich vorbei und presste seine Lippen aufeinander, weswegen sein Unterlippenbärtchen lustig wegstand.

Sie musste zu ihm aufsehen. Der Mann war mindestens einen Kopf größer als sie. „Wieso hast du drei Jacken an?", fragte sie.

„Was?"

„Du trägst drei Jacken übereinander."

Er sah an sich herab, faste an seine schmuddelige Lederjacke und sagte: „Stimmt. Dafür ist es zu warm, oder?"

„Ich glaube schon."

„Ich war die ganze Nacht auf den Beinen, und die Nächte sind kalt. Musst du nicht zur Schule? Es ist gleich Acht." Er setzte sich auf einen Barhocker und legte den abgewetzten und fleckigen Stoffbeutel auf dem Tresen ab.

„Nein, ich bin einundzwanzig. Ich gehe nicht mehr in die Schule."

„Ich habe bis neunundzwanzig die Schulbank gedrückt und lerne auch jetzt noch jeden Tag dazu. Dafür ist man nie zu alt."

Darauf ging Emily nicht ein. Stattdessen musste sie ihr Vorhaben vorantreiben und wechselte dezent das Thema. „Hast du eine Frau, Mister?"

„Warum willst du das wissen?" Er nahm die Tageskarte in die Hand und überflog die Angebote.

„Einfach so. Ich dachte, ..." Emily zeigte auf den verschmutzten Beutel.

Er folgte ihrem Finger und nickte. „Da hast du mich wohl ertappt. Meine Frau ist vor neunzehn Jahren gegangen. Seitdem schlage ich mich alleine durchs Leben."

Die Bedienung hinter dem Tresen kam zu ihnen. „Was darf es sein, Mister?"

„Kaffee und Eier mit Speck", sagte er.

„Bekomme ich etwas davon ab?", fragte sie zurückhaltend.

„Hast du noch nichts gegessen?"

Kleinlaut schüttelte sie den Kopf.

„Magst du Ei?"

Mit gesenktem Blick nickte sie. Sie spielte die Schüchterne.

„Machen Sie zwei Mal das Frühstück", rief er laut und sah der Frau dabei zu, wie sie mit ihrer weißen Schürze die Eier in die Pfanne schlug.

„Danke", sagte Emily zaghaft. „Wie heißen Sie, Mister?"

„William Thompson." Er reichte ihr seine große Hand. Eine runzlige, fleischige Hand mit tiefen Furchen und den Spuren harter Arbeit.

Taktvoll sah sie zu ihm auf und nahm seine Geste an. „Emily Jensen. Ich wohne alleine drüben in der Cleve Street. Das alte Haus ohne Fenster."

Er brummte. „Hast du keine Eltern und keinen Job?"

„Beides. Es gab Stress zu Hause und das war nichts für mich. Und beim Job fürchte ich, gibt es nicht die richtige Arbeit für mich."

Betty und Tina erhoben sich, nahmen ihre Taschen und gingen zum Ausgang. Tina machte eine Geste, als ob sie fotografieren würde, wobei sie Emily zunickte. Dann verschwanden sie durch die Tür und beobachteten das Geschehen von draußen.

„Den gibt es für jeden, junge Dame. Du darfst die Hoffnung nicht aufgeben", sagte er wissend.

„Vielleicht liegt es daran, dass mich niemand mag."

„Das kann ich mir beim besten Willen nicht vorstellen." Er musterte sie von Kopf bis Fuß.

„Erst gestern hat mich wieder jemand sitzen lassen", sagte sie kaum vernehmbar.

„Ich fürchte, dann hat derjenige etwas verpasst."

„Wie meinst du das?" Sie sah ihm direkt in seine freundlichen Augen, die mit vielen Falten gerahmt waren.

„Es ist genau, wie ich es sage. Du bist ein attraktives Mädchen. Wenn ich ein klein wenig jünger wäre, hätte ich dich gewiss nicht sitzen gelassen." William lächelte das erste Mal.

„Danke."

„Das meine ich durchaus ernst. Du musst nur an dich glauben, dann kannst du alles erreichen, was du willst."

„Diese Erkenntnis scheint bei dir keine Gültigkeit zu haben", sagte Emily und setzte sich schräg, um ihn besser sehen zu können.

Das Essen wurde ihnen hingestellt. Er bedankte sich bei der Bedienung.

„Stärke dich erstmal."

Sie nahm Messer und Gabel in eine Hand und sah ihn wieder an. „Ich hatte schon lange keinen Sex mehr."

William schob sich den ersten Bissen in den Mund und tat, als ob er ihre Bemerkung überhört hätte. Er kaute behäbig, sein Blick war auf das Essen gerichtet.

„Meinen letzten richtigen Freund hatte ich vor fast zwei Jahren."

„Iss, bevor es kalt wird", sagte er mit vollem Mund und deutete mit seiner Gabel auf ihren Teller.

„Manchmal rede ich zu viel. Sorry." Emily nahm einen kleinen Bissen.

„Schon in Ordnung. Du wirst wieder einen Freund finden. Da bin ich mir ganz sicher." Kauend wischte er sich mit der Serviette über den Mund.

„Es fehlt mir."

„Was?"

„Der Sex. Mir fehlt Sex."

Jetzt sah er kritisch zu ihr. Wieder hob er eine Augenbraue, sagte aber nichts.

„Wie wäre es, ... Ich meine Sie hatten doch auch schon lange keinen mehr, oder?" Sie sah fragend zu ihm und versuchte mit leichtem Schmollmund verführerisch zu wirken.

William lächelte wieder, schüttelte kaum merklich den Kopf und widmete sich wortlos seinem Essen.

„Ich finde, wir könnten es versuchen", bohrte Emily weiter.

„Ich könnte dein Grandpa sein", sagte er mit vollem Mund und sah sich im Diner um, als ob er etwas Verbotenes aussprach.

„Das stört mich nicht." Ihre Stimme war aufgeweckt und hoffnungsvoll.

„Aber mich stört es. Und jetzt iss!"

Sie legte ihr Besteck an den Tellerrand und starrte wehmütig auf die Eier und den Speck. „Genau das meine ich. Niemand findet mich attraktiv. Nicht einmal Sie wollen mich."

Jetzt drehte er sich zu ihr und legte seine Hand sanft auf ihren Arm. „Ich finde dich sehr attraktiv,

Emily. Aber du wirst dir jemanden in deinem Alter suchen müssen. Was kann ich dir schon bieten? Ich bin vierundsechzig und habe mein Leben bald hinter mir. Du wirst dein großes Abenteuer erleben. Das garantiere ich dir." Er nickte schräg zu dem jungen Mann am anderen Ende der Bar. „Wie wäre es mit dem Burschen? Soll ich euch einander vorstellen?"

Emily schüttelte den Kopf. „Von ihm habe ich schon einen Korb bekommen", log sie spontan. „Außerdem würde ich gerne von deinen Erfahrungen lernen. Mom hat immer gesagt, dass ich respektvoll und offen mit dem Alter umgehen soll."

„Das ist mit Sicherheit ein weiser Ratschlag. Nur meinte deine Mom damit bestimmt nicht den Beischlaf."

„Aber wieso denn nicht? Ich will doch lernen. Und außerdem brauchen wir beide mal wieder Sex." Sie sah ihn leicht von unten herauf an, so wirkten ihre großen Augen verführerisch.

Er atmete tief durch. „Du bist mir ja eine. Schlag dir das aus dem Kopf. Okay? Ich empfehle dir, du isst dich erst einmal ordentlich satt und begibst dich dann in der City unter die Leute. Irgendwo dort draußen wirst du einen geeigneten Partner finden. Und jetzt will ich nichts mehr von deinen merkwürdigen Fantasien hören." Er putzte seinen Teller leer, wischte sich mit der Serviette über die Lippen und den Bart am Kinn und warf sie geknüllt auf den Teller, dann hob er seinen Zeigefinger. „Zahlen, bitte!"

Aus seinem Portemonnaie holte er einen Schein, legte ihn auf den Tresen, stand auf und sagte zu Emily: „Auf irgendeine Weise hast du mir den Morgen versüßt. Kann ich dir noch einen Nachtisch bestellen? Ich muss nach Hause, bin müde und muss mich ein paar Stunden aufs Ohr legen. Hatte eine lange Nacht."

Sie schüttelte den Kopf, aß wieder ein wenig und nutzte die Zeit zum Nachdenken. „Ich mag dich", sagte sie kauend.

William klopfte ihr leicht auf die Schulter. „Lass es langsam angehen, Mädchen. Es war schön, dich kennengelernt zu haben." Er schnappte seinen Stoffbeutel, drehte sich um und ging zum Ausgang.

Emily sah ihm nach, aß weiter, kaute und überlegte. Dabei wanderten ihre Blicke konfus über die vielen Küchengeräte, die wild beschrifteten Werbetafeln an der hinteren Wand und über die angebrochenen Lebensmittelpackungen neben dem Herd. Nur registrierte sie nicht wirklich etwas davon, dachte an ihren Übermut und die Wette. Ganz sicher wollte sie nicht die Deppin spielen und Taschen tragen. Der Kampf war noch nicht verloren.

Sie stopfte sich ein wenig Speck in den Mund, ließ das Besteck auf den Teller fallen und sprang vom Hocker auf. Flink lief sie ihm hinterher.

An der Ecke Johnson Street holte sie William ein.

„Hey", rief sie von hinten. „Zufällig haben wir den gleichen Weg."

Ohne stehenzubleiben, sah er sie flüchtig an und brummte kurz. Er wirkte überrascht sie zu sehen und geizte mit Emotionen. Außer dem flüchtigen Lächeln im Diner wirkte er insgesamt kühl und abweisend.

„Darf ich dich ein Stück begleiten?"

„Es ist nicht weit. Ich wohne gleich um die Ecke", sagte er gelassen, kramte in seiner Jacke und zog eine Fünfzig-Dollar-Note heraus. Er blieb stehen und hielt sie ihr entgegen. „Nimm. Mehr habe ich nicht."

„Wieso? Nein!" Verständnislos schüttelte sie den Kopf. Was sollte das bedeuten?

„Das ist es doch, was du willst, nicht wahr?"

Damit hatte sie ganz bestimmt nicht gerechnet. „Nein. Behalte dein Geld", sagte sie und trat einen halben Schritt zurück. „Wirklich! Ich will es nicht. Ich wollte dir nur für das Frühstück danken. Hey, Mann. Nicht jeder hätte das getan. Du hast ein gutes Herz."

„Wenn es nicht ums Geld geht, worum geht es dann? Du willst doch nicht ernsthaft mit mir schlafen?"

„Doch", sagte sie, blieb stehen, senkte den Blick und presste die Knie und die Schuhspitzen zusammen. Sie stellte sich scheu. Vorsichtig lugte sie hinter ihrem zotteligen Pony hervor.

Auch er blieb stehen, sah sich in der Straße um, und Emily fragte sich, ob er Angst hatte, mit ihr gesehen zu werden. Hielt er nach einem Officer Ausschau, weil er dachte, dass er etwas Illegales tun könnte?

Emily fuhr sich in die enge Hosentasche und zog ihren Führerschein hervor. Sie hielt ihm das Dokument entgegen. „Hier. Falls du mir mein Alter nicht glaubst."

Er sah flüchtig darauf, viel zu kurz, um etwas erkennen zu können. „Darum geht es nicht."

„Aber worum geht es dann? Ich will dich doch nicht heiraten. Wir sind zwei erwachsene Menschen, die schon lange keinen Sex mehr hatten. Das ist alles." Sie kramte wieder in ihrer Jacke. Diesmal fischte sie ein Kondom heraus und zeigte es ihm. „Wir passen auf. Keine Kinder, keine Krankheiten. Nur Spaß. Wäre das für dich in Ordnung?"

Jetzt schien es ihm die Sprache verschlagen zu

haben. Seine Lippen bewegten sich seitlich, und er sah sie mit kleinen Augen an. Dann strich er sich durch den Bart. „Ich weiß nicht", brummte er.

„Du hast mit meinem Abenteuer angefangen. Lass es uns hier beginnen. Du bist ein Mann, ich bin eine Frau. Vergessen wir kurz den Altersunterschied und machen es einfach." Ihre Augen leuchteten vor Begeisterung. Sie spielte ihr Spiel hervorragend und war mit sich überaus zufrieden. „Was sagst du? Wollen wir unser Abenteuer wagen?"

Er ging weiter und sie folgte ihm.

„Haben wir ein Date?"

William antwortete nicht und sah stur nach vorn.

„Hey, sag doch etwas. Was ist?" Sie konnte kaum mit seinen großen Schritten mithalten. Es schien, als ob er davonlaufen wollte, bog in die Moore Street ab und kurz darauf in die Franklin Street. Vor einem kleinen verwahrlosten Haus unter ausladenden Bäumen blieb er stehen, zog einen Schlüsselbund hervor und drehte sich zu ihr um. „Du bist ja immer noch da", sagte er harsch.

Emily nickte mit großen Augen.

„Komm rein. Du kannst noch ein Bier haben. Mach dir aber keine falschen Hoffnungen." William zog das klapprige Fliegengitter auf und stieß mit dem Fuß gegen die Holztür, an der die weiße Farbe abgeblättert war. Die Scharniere knarzten. Er betrat das Haus. Neugierig folgte Emily und versteckte ein breites Grinsen hinter seinem Rücken. Sie dachte an Tina und Betty. Für eine ganze Woche würde sie ihre eigenen Sklavinnen bekommen.

Kühle, abgestandene Luft kam ihr entgegen und das einfallende Licht verzauberte den Staub in der Luft in leuchtende Sternchen. Es war eins der typisch amerikanischen Häuser, bei dem im ersten Raum hinter der Eingangstür eine große Couch und ein flacher Tisch standen. Anstelle eines Fernsehers gab es eine dürftig gefüllte Bücherwand. Alles wirkte dunkel und unbenutzt. Daneben ging es zur Küche und eine Treppe mit verspieltem Holzgeländer führte ins Obergeschoss.

Emily drehte sich und sah ein kleines Orangenbäumchen und eine Gießkanne aus Blech neben der Tür am Fenster stehen.

Die Einrichtung war alt, die Stühle am Esstisch durchgesessen. Alles war schlicht und es fehlte an jeglichem schmückenden Beiwerk und den Kleinigkeiten, die eine Wohnung individuell und gemütlich machten. Aber es war ordentlich und sauber. Zumindest auf den ersten Blick. Emily hatte etwas anderes erwartet.

William zog seine Jacken gleichzeitig aus und hing sie ineinandergesteckt an den Garderobenständer hinter der Tür.

„Setz dich." Er zeigte zur Couch und ging in die Küche.

„Deinem Haushalt fehlt eindeutig die Hand einer Frau", sagte sie, ging in die Ecke neben der Küche und sah sich dort um. Sie nahm ein Bild von der Kommode, auf dem William als junger Mann vor einem wunderschönen kleinen Schloss zu sehen war. Auf dem Bild trug er einen schwarzen Rollkragenpullover, war schlank und hatte lange wilde Haare.

William kam mit zwei Flaschen Bier zurück.

„Wo war das?" Emily hielt ihm das Bild entgegen.

„Das ist auf Graciosa, einer kleinen Insel der Azoren." Er hielt ihr eine geöffnete Flasche entgegen. „Nimm."

Sie nahm das Bier, stieß mit seiner an und trank einen großen Schluck. „Wie alt warst du?"

William nahm ihr das Bild aus der Hand und betrachtete es. Er trank einen Schluck, wischte sich über den Bart und sagte: „Das war in den Siebzigern. Ich war Mitte Zwanzig." Er schmunzelte. „Hier kam ich gerade von den Weinbergen zurück. Ist eine schöne Gegend. Üppiges Grün, klares blaues Wasser und herrliche Meeresluft."

„Ich kam nie über die Grenzen von Georgia hinaus." Sie zog ihre Jacke aus und legte sie über die Lehne der Couch. „Kann ich irgendwo duschen?"

„Mädchen, bitte. Lass uns gemeinsam ein Bier trinken und ein wenig plaudern. Dann verschwindest du wieder. Hast du mich verstanden?"

Sie tat unschuldig: „Ich will doch nur wissen, wo dein Badezimmer ist."

Er stöhnte. „Also gut. Die Treppe hoch, gleich rechts", sagte er unentschlossen, stellte das Bild zurück und schob eine Hand in seine Hosentasche. Er trank und sah ihr nach, bis sie im oberen Stockwerk verschwunden war.

Der schmale Flur war mit dunklen Dielen ausgestattet und trist. Nur ein einziges Bild mit goldenem Rahmen, welches das Porträt einer barocken Frau zeigte, zierte den Flur. Das alte Gemälde war verblasst und wirkte angestaubt.

Drei Türen gingen ab. Emily nahm die rechte Tür und landete in einem schmalen Bad. Mit einer Badewanne, einem Waschbecken und der Toilette war es auch hier drinnen karg eingerichtet. Es gab nur ein Wandschränkchen neben dem Spiegel. Keine Regale, keine Ablageflächen oder die sonst übliche Ansammlung an Fläschchen und Tuben in Badezimmern. Es wirkte, als ob William gerade erst eingezogen war. Auf dem Waschbecken lag ein Kamm und abgegriffene Seife. Neben dem Zahnputzbecher stand Medizin. Emily nahm eine Dose in die Hand, las ACE-Hemmer, schaute auf die nächste, auf der ARB zu lesen war und eine mit der Aufschrift Aliskiren. Sie öffnete das Schränkchen. Hier standen etliche Fläschchen mit Medizin. Im oberen Fach fand sie einige Pflegeprodukte und ein halbvolles, vermutlich teures Parfüm.

Sie zog ihr Shirt und die Hotpants aus, dann folgten ihre Schuhe und die Strumpfhose. Mit der Seife stieg sie in die Wanne. Da es keinen Duschvorhang gab, hockte sie sich und drehte den Wasserhahn auf. Die Wasserleitung knarrte in der Wand und übertrug die Schwingungen im Haus bis zum Hahn. Es dauerte eine Weile, bis das Wasser kam und nochmal bis es eine angenehme Temperatur hatte.

Dann nahm sie den Duschkopf und genoss den Strahl, seifte sich ein und ließ das Wasser über ihr Gesicht strömen.

-

Nur mit ihrer knappen Jeanshose bedeckt kam die zierliche Emily die Stufen herunter. William saß auf der Couch und war in ein Buch vertieft. Seine Bierflasche stand leer auf dem Tisch.

Er hob den Kopf, nahm die Lesebrille ab und blickte zu ihr. Ruhelos bewegten sich seine Lippen hin und her und er verfolgte Emilys Schritte, bis sie heruntergekommen war und um ihn herumstolzierte. Sie nahm ihre Flasche, trank und ließ sich auf seinen Oberschenkeln nieder. Behutsam knöpfte sie sein graues Hemd auf und fuhr mit ihrer Hand darunter. William ließ es reglos über sich ergehen.

Emily nahm seine Hand und presste sie auf ihre linke Brust. Jetzt zuckte er zurück. „Lass das und zieh dir etwas an, Mädchen", sagte er blass.

Doch sie hörte nicht auf ihn, rutschte von seinen Knien herunter, hockte sich vor ihn und öffnete den Gürtel seiner Hose. Beherzt griff sie hinein und begann sich aufreizend zu bewegen, stöhnte, fing seine Hand wieder ein und drückte sie auf ihre Brüste. Dann zerrte sie wild an dem Hemd, riss es ihm nach hinten, stemmte sich gegen seine Brust und drückte ihn auf das Sofa.

Seine Unterarme waren mit zahlreichen Tattoos überzogen, seine Haut grau und faltig.

Zuerst zog sie seine Hose aus, dann folgte ihre, die sie an ihren Beinen herabgleiten ließ. Tänzelnd setzte sie sich auf seinen Schoß.

Mit dem Kopf im Nacken stöhnte sie und ritt auf ihm, als wäre sie im finalen Wettkampf und ihr Sieg zum Greifen nah. Sie hatte ihn erregt, er fasste an ihren Po, sie stützte sich auf seiner Brust ab und bewegte die Hüften schneller, stöhnte und schrie voller Lust. Dann stöhnte auch William, seine Augenbrauen schoben sich zusammen und sein Gesicht entstellte sich. Er griff sich an die Brust, verkrampfte und schnappte heftig nach Luft.

Das war nicht normal. Emily stieg von ihm herunter. „Hey, Mister. Was ist mit dir?"

Speichel lief ihm aus einem Mundwinkel, seine Pupillen waren geweitet und die Haut blass. Unverständliche Worte folgten und er zeigte die Treppe hinauf und krümmte sich.

„Verdammt, das war wohl doch etwas zu viel,

Alter", sagte sie verächtlich und trat einen Schritt zurück. Sie holte ihr Handy aus der Tasche und schoss ein Foto von ihm. „Damit wäre das erledigt."

William rollte sich zusammen, wie eine Raupe bei Gefahr. Erstickend stöhnte er.

„Brauchst du deine Medizin?", fragte sie gelassen und stieg die Treppe hoch. Im Bad zog sie sich an, zupfte eine Weile an ihrer Strumpfhose herum und am Shirt, betrachtete sich im Spiegel, ordnete die Haare und wischte sorgfältig den verlaufenen Lidschatten weg.

Dann nahm sie sämtliche Medizindosen und Schachteln und stieg die Treppe herunter. William hatte aufgehört zu stöhnen. Reglos lag er auf den Dielen vor der Couch. Er hatte sich übergeben.

Sie warf ihm die Medizin vor das Gesicht, nahm ihre Jacke und zog sie über.

„Scheiß Versager", beschimpfte sie ihn, hob seine geknüllte Hose auf und tastete sie ab. Das Interessanteste darin war seine Brieftasche, die sie herausnahm und aufklappte. Zwischen Papieren fand sie als einzigen Geldschein die Fünfzig-Dollar-Note. Tatsächlich hatte er nicht mehr. Ehrlich schien er jedenfalls zu sein. Emily sah zu ihm herab, nickte flüchtig und presste respektvoll ihre Lippen zusammen. Sie nahm das Geld heraus und hielt es gegen das Licht. Abschätzig ließ sie die Brieftasche auf William fallen. „Danke für die kleine Spende, Penner."

Sie steckte den Schein ein, trank ihr Bier aus und stellte die Flasche auf dem Couchtisch ab. Mit ausgebreiteten Armen lief sie beschwingt zur Bücherwand, als ob sie Flügel wären, flog friedlich um den Tisch herum, vorbei an der Kommode bis zum raumhohen Regal, strich im Vorübergehen über die Buchrücken und las einige Buchtitel. Die meisten Bücher handelten von irgendwelchen Krankheiten und deren Behandlung. Auf der linken Seite besaß er ein Dutzend Reiseratgeber und Bildbände von Grönland, Nunavut, Alaska und den Falklandinseln.

Sie interessierte sich für eine Schneekugel, drehte und schüttelte sie und ließ es in der winzigen Welt auf einen wassergefüllten Krater schneien. Die kleinen Flocken tanzten und bedeckten die grüne Landschaft bis sie völlig weiß war. Emily stellte die Kugel in das Regal, drehte sie mit der Aufschrift nach vorn und trat zufrieden zurück. Als Nächstes zog sie nacheinander die Schubfächer auf und durchwühlte den Inhalt. Meist befanden sich Papiere darin, wovon sie einen Stapel flüchtig durchblätterte. Es waren jede Menge Rechnungen, Mahnungen und Zahlbelege. Ein Schreiben trug das Logo der Stadtverwaltung Dublin und besagte die Wiedereingliederung von William in die Gesellschaft. Er war also ein verurteilter Straftäter.

Unten in der Kommode fand sie zwischen Ordnern, Putztüchern und einem Gesellschaftsspiel einen Schuhkarton, den sie herauszog und oben auf die Platte stellte. Neugierig nahm sie den Deckel herunter, fand verblasste Fotos darin, eine Cremedose, in der ein goldener Ring mit weißem Stein lag sowie ein Schlüsselbund, einen Bilderrahmen, losen Schmuck, einen Teddy und irgendwelchen Ramsch. Sie steckte sich den Ring an ihren Mittelfinger und betrachtete ihn an der Hand. Er stand ihr, passte gut und sah edel aus. Dann zog sie ein Bild mit goldenem Rahmen hervor. Das war ein Diplom einer Promotion. Darauf stand Doctor of Medicine, professional degree, Universidade médica Lissabon M.D.

William L. Thompson.

Emily sah auf seinen regungslosen Körper und sagte: „Du bist also Arzt. Hat dir jetzt leider auch nicht weitergeholfen alter Mann." Sie stopfte sich den Schmuck in die Hosentaschen und stellte den Schuhkarton verschlossen zurück. „Alles ist vergänglich, Doktor William. Leb wohl. Meine Arbeit ist getan."

Zügig verließ sie das Haus.

-

Als ob nichts weiter geschehen wäre, holte sich Emily in der Jefferson Street bei Company Supply einen Kaffee und machte sich damit auf den Weg in die City.

„Hey Kleine!", rief jemand von der anderen Straßenseite. Emily drehte sich um und sah als erstes die roten Haare von Seth. Langsam kam er auf sie zu. Er wirkte nicht gerade freundlich.

„Du hast mir das Handy geklaut", schrie er aufgebracht.

Emily spürte die Wärme in ihren Wangen und das wild klopfende Herz, als ob es Purzelbäume schlagen würde. Was sollte sie ihm sagen, wie sich entschuldigen? Er war viel zu aufgebracht, um sie anzuhören. Sie fuhr mit der Hand in ihre Hosentasche und ertastete sein Handy mit den Fingerspitzen.

Seth hatte sie fast erreicht und Emily überfiel die Panik. Sie konnte sich dieser Situation nicht stellen. Nicht jetzt. Es war schlicht der falsche Augenblick. Ihre Halsschlagader pochte wild, dann fiel der heiße Kaffee auf den Asphalt, spritzte gegen ihre Wade und verteilte sich zwischen dem Staub der Straße. Sie rannte weg und Seth verfolgte sie.

„Warte!", schrie er ihr nach. „Du Miststück hast mein Handy geklaut."

Flink wie der Wind bog sie in die Lawence Street ab und sauste bei One21 über den Parkplatz.

Der Typ war verdammt schnell. Hektisch sah sie kurz zurück und rannte in der Madison Street, bei dem schmalen Backsteinhaus auf die Straße.

Lautes Hupen.

Quietschendes Gummi.

Ein Schatten kam über sie und ein heftiger Stoß folgte. Der Aufprall riss sie von den Beinen und die Welt drehte sich rasant im gigantischen Schmerz, bis sich ihre Sinne abschalteten und sie in eine friedliche Finsternis hüllte.

Besuch

„Ist das nicht die Kleine aus Dublin?" Die kräftig gebaute Oberschwester Kimberley erinnerte an das Titelbild des Atlanta Daily und nickte in Richtung des angrenzenden Behandlungszimmers. Auf dem Bild war ein großer Truck zu sehen, der quer über die Madison Street stand. Vor einem Rettungswagen und dem Einsatzfahrzeug der Feuerwehr hatte sich eine Vielzahl Helfer versammelt.

„Wer soll das sein?", fragte der Pfleger.

„Die Neue von heute morgen."

„Die hat kein einziges Wort geredet, als ich ihr das Essen gebracht habe", sagte Linda, die junge Schwester, und biss in ihr Sandwich.

„Damals hätte ich nicht gedacht, dass sie durchkommt", meinte die hagere Schwester, spähte auf das Foto und anschließend zum Patientenzimmer mit der offenstehenden Tür. Von hier aus war das Mädchen nicht zu sehen. „Habe den Fall in den Nachrichten verfolgt."

„Ja, das arme Ding sah wirklich schlimm aus. Aber die haben sie wieder ordentlich zusammengeflickt und jetzt sind wir an der Reihe, Ladys." Die Oberschwester legte die Zeitung zusammen und klatschte in die Hände. „An die Arbeit, Mädels. Die Patienten brauchen unsere Dienste. Linda, du übernimmst die Neue und zeigst ihr das Sanatorium. Der Doc kommt heute Nachmittag, und morgen früh startet ihr Behandlungsplan." Sie drückte ihr einige Unterlagen in die Hand.

„Ey, ey, Sir." Linda salutierte breit grinsend.

„Worauf wartest du? Husch, husch." Oberschwester Kimberley wedelte mit der Hand.

Schwester Linda klopfte an die offene Tür und begrüßte Emily nahezu singend: „Herzlich willkommen im Rehabilitationscenter Middle Georgia. Ich bin Schwester Linda."

Emily saß in einem Rollstuhl vor dem Fenster und starrte nach draußen. Sie reagierte nicht. Die äußerlichen Wunden waren weitestgehend verheilt. Wie es in ihr aussah, in ihrer Psyche, gab sie kaum preis.

Linda überflog die wichtigsten Daten auf den Papieren. „Sie sind Miss Emily Jensen, einundzwanzig und haben ein paar Probleme mit den Beinen, habe ich gehört." Sie senkte die Listen, stellte sich neben Emily und reichte ihr die Hand. „Wir werden Ihnen helfen. Hier sind Sie in guten Händen. Ich freue mich, dass Sie bei uns sind."

Emily ignorierte die Schwester.

„Heute ist ein schöner Tag, nicht wahr?" Linda verlor ein wenig ihr Lächeln. Sie öffnete das große Fenster, rückte sich einen Stuhl heran und setzte sich neben Emily.

„Ich habe von Ihrem Unfall in der Zeitung gelesen. Anfangs sah es nicht besonders gut für Sie aus. Ich denke, insgesamt hatten Sie großes Glück, Emily", sagte Linda feinfühlig.

Langsam drehte Emily den Kopf. Ihr Gesicht war von frischen Narben gezeichnet. Sie kniff die Augen zusammen und funkelte die Schwester boshaft an. Ihre Wangenknochen bebten, aber sie sagte nichts.

Linda bemerkte auf dem Tischchen neben dem Bett einen vollen Mittagsteller mit dem Steak-Sandwich, Pommes frites und drei winzigen Kuchenstücken, die auf einem Glastellerchen mit roten Marmeladenstreifen verziert waren. Sie hatte ihr Essen nicht angerührt und das Zitronenwasser war noch verschlossen.

„Das Essen ist jetzt sicher kalt. Wissen Sie, ich mag es auch nicht, wenn es heiß ist. Ganz besonders, wenn ich wirklich großen Hunger habe und ich mir die Zunge verbrennen würde." Aufrichtig sah sie Emily an. „Soll ich es Ihnen bringen?"

„Du nervst. Verschwinde."

„Ich werde Ihnen helfen. Jeder hat mal einen Tiefpunkt im Leben. Das geht vorüber."

„Du ahnst nicht, wie glücklich ich bin. Siehst du das nicht? Ich sitze in diesem beknackten Rollstuhl", fauchte Emily und hob beide Arme. „Es gibt keine Zukunft." Kraftlos fielen ihre Arme herunter. „Und jetzt verpiss dich, blöde Kuh", schrie sie und kam der Schwester sehr nahe.

Linda schreckte zurück, lehnte sich weit nach hinten und sprang auf. Dann stellte sie sich mit verschränkten Armen vor die breite Fensterbank. „Für derartige Anfeindungen gibt es überhaupt keinen Grund. Wir sind alle hier, um Ihnen zu helfen, Miss."

„Mit bescheuerten Sprüchen?" Emily sprach laut.

„Nein." Linda schüttelte den Kopf und sagte: „Ja, vielleicht auch mit bescheuerten Sprüchen. Aber in erster Linie bin ich hier, um Ihre verlorengegangenen körperlichen Funktionen wiederherzustellen. Außerdem können wir Ihnen helfen, sich bis dahin mit der neuen Situation anzufreunden, damit Sie im alltäglichen Leben zurechtkommen. Unter anderem bin ich für Ihre Motorik zuständig. Außerdem behandele ich Sie ganzheitlich. Allerdings müssen

Sie mitarbeiten. Übrigens dürfen Sie gerne mit Ihren Sorgen zu mir kommen."

„Wie alt bist du, dass du mir etwas vom Leben erzählen willst? Dreizehn?", fuhr Emily dazwischen.

„Ich habe die Ausbildung vor einem Jahr beendet und weiß durchaus, worauf es ankommt. Vertrauen Sie mir. Ich mache meine Arbeit gut und gerne." Linda blieb gefasst.

„Was interessiert mich deine Ausbildung? Die bringen meine Beine auch nicht wieder in Ordnung." Emily schlug mit einer Faust auf die Armlehne des Rollstuhles.

„Ihr zuständiger Arzt wird Sie heute Nachmittag untersuchen und den Behandlungsplan ausarbeiten. Bereits ab morgen beginnen wir Ihre Therapie."

Emily streckte ihren Rücken durch und rutschte ein wenig mit dem Po im Sitz zurück. Ihr ganzer Körper war angespannt. So sehr, dass ihr Kopf leicht zitterte. „In den letzten Wochen haben mich ein Dutzend Ärzte untersucht. Niemand von denen konnte mir sagen, ob ich wieder laufen werde. Warum glaubt ihr, also Du und dein Doc, dass ihr daran etwas ändern könnt?" Sie drehte ihren Kopf zur Seite. „Ich habe keine Lust mehr auf diesen Schwachsinn. Lasst mich einfach alle in Ruhe.", sagte Emily leiser. „Raus! Ich brauche meine Ruhe."

Dazu sagte die Schwester nichts, schloss das Fenster und ging einige Schritte zur Tür, blieb stehen, sah traurig zurück und verließ den Raum. Leise schloss sie die schwere Tür hinter sich.

Der Raum wirkte beinahe wie ein Hotelzimmer mit dem großen Spiegel, einem runden Tischchen und zwei gepolsterten, hellgrünen Sesseln. Der Fußboden war aus Linoleum, aber irgendwie hübsch, wie abgeschliffener Eichenboden mit Astlöchern und den Jahresringen von Bäumen. Sogar an passende Kissen hatten sie gedacht. Die langen Vorhänge bestanden aus dem gleichen Stoff wie die Bezüge der beiden Sessel.

An der Wand leuchtete im Eingangsbereich ein Display in der Größe eines üblichen Notebooks. Es zeigte Tabellen mit Zahlen, die rot und grün leuchteten. Die Wandlampen zierten goldene Halterungen und der Schrank war in der Wand eingelassen und bildete eine Front mit dem kurzen Stück Flur, von dem es zur Toilette abging.

Linda hatte die Unterlagen auf der Fensterbank liegen gelassen. Emily beugte sich vor und streckte ihren Arm aus. Doch es fehlten einige Zentimeter. Sie ruckte und reckte sich, konnte das Papier mit einer Fingerkuppe berühren, aber bekam es nicht vernünftig zu fassen. Erbittert presste sie ihre Lippen aufeinander und zerrte und ruckelte an den Rädern. Doch die gaben kein Stück nach, hielten sie fest, wie eiserne Ketten an der Wand eines düsteren Verlieses. Sie stieß einen Schrei aus und fluchte mit zusammengezogenen Augenbrauen. Ja, dieses Etablissement war nichts weiter als ein verdammtes Verlies. Und zwar nicht nur das Zimmer und das ganze Haus, sondern auch ihr nutzlos gewordener Körper. Sie fühlte sich gefangen in sich selbst. Der Verlust der Funktion und die Kontrolle über den eigenen Körper zu verlieren, verlangte eine Veränderung, zu der sie nicht ansatzweise bereit war. Nicht nur, weil sie jetzt keine Treppen mehr ohne fremde Hilfe steigen konnte und mit dem Rollstuhl auf die Breite der Türen achten musste - sie war nicht einmal mehr in der Lage die Teller aus dem Küchenschrank zu holen oder in den Bus einzusteigen. Das Schlimmste für Emily waren der trostlose Anblick ihrer Füße und die Erinnerungen zu tanzen und flink wie ein Wiesel durch die Straßen von Dublin zu rennen. Irgendwie sahen sie wie immer aus: klein, gepflegt und kerngesund. Aber das waren sie nicht mehr.

Wütend schlug Emily auf ihre Oberschenkel und sah auf die leblose Masse ohne Gefühl und Nutzen. Die Tür sprang auf, als Emily genervt die Hände geballt hatte.

„Hey!", trällerte es hinter ihr. Es war die Stimme von Betty.

Emily drehte sich mühsam nach hinten und ihre Hände entspannten sich. Betty betrat das Zimmer, gefolgt von Tina.

„Hey", begrüßte Emily die beiden. „Der Rollstuhl bewegt sich nicht. Das Mistding hat sich verhakt."

Betty kam zu ihr, beugte sich herunter und umarmte Emily. „Wie geht es dir?"

„Kannst du dich um die Räder kümmern? Ich bekomme in diesem Ding die Krise."

Betty kniete sich und rüttelte an den Rädern.

„Genau so habe ich mir Sklavinnen vorgestellt", sagte Emily grinsend.

„Ich hab es." Betty zeigte auf einen Hebel neben der Sitzfläche. „Die Bremse war festgestellt."

„Sagt mal, ihr seid mir ja Freundinnen. Wieso taucht ihr erst jetzt auf? Dachtet ihr, ich poppe immer noch mit dem Alten rum, oder was?"

„Wir waren drei Mal in der Notaufnahme. Du warst entweder nicht ansprechbar, oder in der OP", sagte Betty.

„Ja, am ersten Tag haben wir fast vier Stunden gewartet. Erst haben sie uns nicht durchgelassen, dann sagte der Arzt, dass du unter Narkose stehst", fügte Tina hinzu.

„Dann wurdest du verlegt und wir mussten herausfinden, in welcher Rehaklinik du gelandet bist. Hättest dich ja auch mal melden können. Wann kommst du hier wieder raus?" Immer noch hockte Betty vor ihr und griff sich in den Nacken. Tina ließ sich in den Sessel fallen und atmete hörbar aus.

„Keine Ahnung, Mädels. Die können mir ohnehin nicht helfen und mir geht alles gehörig auf den Keks. Vielleicht sollte ich einfach auschecken."

„Kannst du aufstehen?" Betty legte ihre Hand auf Emilys Bein.

„Nein, ich habe keine Beine mehr. Die verdammten Dinger sind tot." Emily sagte es gefasst, als ob sie sich ihrem Schicksal ergeben hätte.

Tina hielt sich beide Hände vor den Mund. „Du spürst nichts? Aber wird das wieder?"

„Wahrscheinlich nicht."

„Für immer?"

„Ja, Baby, für immer."

„Das tut mir so leid. Aber was willst du jetzt machen?", hakte Tina nach. Ihre Augen waren groß und zeigten deutlich ihr Entsetzen.

„Hey, ich brauche kein Mitgefühl."

Betty setzte sich auf die Fensterbank. „Sie hat es nur gut gemeint."

„Ach leckt mich und spart euch die Sprüche." Emily wirkte kühl. „Übrigens schuldet ihr mir noch etwas. Ihr seid für eine Woche meine verdammten Sklavinnen. Es wird Zeit, dass ihr den Dienst antretet."

Betty stützte sich auf dem Fensterbrett ab und lehnte sich etwas vor. „Also hast du es wirklich getan?"

Emily verzog keine Mine. „Klar. Das war leicht."

„Und, hast du ein Foto gemacht?"

„Ja schon, aber sie haben mir das Handy abgenommen. Seth hat es wohl zurückbekommen."

„Dann kannst du die Erfüllung unserer Wette nicht beweisen?", stellte Tina fest.

Emily schnellte zu ihr herum. „Was bist du für eine Bitch geworden? Hey, zweifelst du neuerdings an meiner Aufrichtigkeit? Warum sollte ich dir etwas vormachen? Damit du nicht meine Schuhe ablecken musst?" Emily wurde laut.

„Ich mein ja nur. Kein Grund, sich aufzuregen. Hey, was dir passiert ist, …"

„Ich bestehe darauf", unterbrach Emily sie. „Außerdem rege ich mich auf, wann und so oft ich will. Und wenn ich sage, dass ich es mit dem Kerl getrieben habe, dann ist es so. Kapiert?"

„Schon gut. Ich glaube dir ja." Tina war kleinlaut und getraute sich kaum, Emily in die Augen zu sehen.

„Was erwartest du von uns? Ich meine, nach dieser Sache?" Betty zeigte auf Emilys Beine.

„Was hat der Unfall damit zu tun? Deal ist Deal." Emily überlegte kurz. „Ich bestehe nicht mehr auf die Erfüllung der Wette, aber etwas müsst ihr dennoch für mich tun."

Betty und Tina sahen sie gespannt an.

„Besorgt mir eine Knarre, Crystal oder eine Ladung Schlaftabletten, und wir sind quitt."

„Was willst du damit?" Betty verstand nicht.

„Na, was schon." Emily rutschte auf ihrem Sitz herum. Aufzustützen fiel ihr schwer und sie stöhnte.

„Willst du dich etwa umbringen?", fragte Tina und

beugte sich vor.

„Klar, was denn sonst? Denkst du, ich will mir damit ein Schokosandwich schmieren?"

„Das kannst du nicht bringen", sagte Betty mit großen Augen und zog die Mundwinkel nach unten. „Nein."

„Könnt ihr mir etwas davon besorgen? Ja, oder nein?" Emily blieb kühl.

„Überleg es dir bitte nochmal", sagte Tina.

„Da gibt es nichts zu überlegen. Mein Leben ist vorbei, Ladys. Ich spüre meine Beine nicht mehr und auch hier ist alles tot." Sie fasste sich in den Schritt. „Das war meine Fahrkarte zum Spaß, für mein Essen und eine vernünftige Unterkunft. Damit ist auf einen Schlag Schluss. Soll ich etwa mit dem Rollstuhl auf die Partys gehen – ich meine rollen - und um Mitleid betteln? Wisst ihr, falls ich jemals wieder nach Hause komme, werde ich nicht einmal in der Lage sein, mir einen Teller aus dem Wandschrank zu holen. Nein, Schwestern, ich weiß, wann die Party zu Ende ist. Könnt ihr mir folgen?" Abwechselnd sah sie Betty und Tina an. „Helft ihr mir ein letztes Mal?"

„Das kannst du nicht machen", protestierte Betty.

„Und ob ich das kann. Ich brauche eure Hilfe. Sind wir Freundinnen?"

Betty nickte.

„Also, tut mir diesen Gefallen."

Tina sagte: „Wenn es dir hilft, ich komme an Amphetamine ran."

„Dann besorge mir eine ordentliche Ladung. Ich will auf keinen Fall, dass sie mich zurückholen können." Emily war entschlossen.

Betty schluchzte und legte beide Hände vor das Gesicht.

„Heulst du etwa?", fragte Emily spitz.

Hinter Bettys Händen kamen Tränen zum Vorschein. Bevor sie antworten konnte, wimmerte sie und schnappte nach Luft. „Gibt es keinen anderen Weg? Ich liebe dich doch."

„Komm her", sagte Emily, reckte eine Hand vor und machte eine Geste, damit sie näher rutschen sollte. Sie wartete, bis sie vor ihr saß und legte ihre Hände auf Bettys Knie. „Wir hatten eine gute Zeit. Dass es nicht ewig so weiter geht, wussten wir von Anfang an. Meine Zeit ist etwas früher abgelaufen, als geplant. Aber das ist in Ordnung. Trinkt auf den Partys für mich einen mit und vergesst mich nicht. Mehr will ich nicht. Und jetzt verschwindet, und besorgt mir das Zeug."

Niemand rührte sich. Betty wischte sich eine Träne von der Wange, und Tina wirkte wie versteinert.

„Was ist? Ich würde euch ja gerne in den Arsch treten, aber ..." Sie zuckte mit den Schultern. „Geht leider nicht."

Betty entfuhr ein verzweifelter Lacher zwischen ihrem Schluchzen. „Ich würde alles dafür geben, wenn du es wieder könntest."

Die Tür ging auf. Ein Mann in weißem Kittel und die Oberschwester kamen herein.

„So, Miss Emily Jensen. Jetzt stimmen wir erst einmal Ihren Trainingsplan ab. Ich bringe Sie in das Sprechzimmer. Im Anschluss zeigt Ihnen Schwester Linda, wo der Speiseraum und der Aufenthaltsraum sind. Wenn Sie wollen, können Sie bis zum Abendbrot das herrliche Wetter im Garten genießen. Heute haben Sie noch frei und ab morgen arbeiten wir zusammen", sagte der Mann, offenbar war er ihr Doc.

Betty erhob sich, umarmte Emily und küsste sie auf die Wange. „Bis später, Kleine. Wir verschwinden dann mal."

„Machs gut, und Kopf hoch", sagte Tina, beugte sich zu ihr herunter und schloss sie in die Arme. „Verlass dich auf uns. Wir lassen dich nicht im Stich."

„Danke für euren Besuch, Mädels." Emily hob die Hand zum Abschied. Die Oberschwester stand schon parat und schob den Rollstuhl aus dem Zimmer.

Begegnung

Nach einer knapp einstündigen Besprechung, in der Emily erklärt wurde, dass sie keine Wunder zu erwarten hätte, was ihre Beine und damit ihr zukünftiges Leben betraf, saß sie schweigend hinter dem Haus unter einer alten Esche und hatte sich mit beiden Händen an die Rinde geklammert. Jemand aus dem Straßenbau hatte ihr einmal erzählt, dass diese Bäume bis zu zweihundertfünfzig Jahre alt werden können. Es war das erste Mal, dass sie einen Baum umarmte, und sie versuchte ihn zu spüren. Er war groß und stark, hatte einen festen Stamm, eine raue Rinde und eine üppige Krone mit geschätzt einer Million Blätter. In ihm stiegen die Säfte auf, er wuchs und lebte. Auf diese Weise hatte das Emily bisher nie gesehen.

Sie sah in das Blätterdach hinauf und versank in Gedanken im harmonischen Rauschen der wirren und gleichsam sanften Bewegungen.

Die Stunden vergingen unter dem Baum und am Rande der Klippe mit dem wunderschönen Blick auf das Meer. Erst am Abend, als das Licht der Sonne hinter den dunklen Abendwolken verschwand, schob sie Schwester Linda in ihr Zimmer. Emily weigerte sich, aus dem Stuhl in ihr Bett zu gehen, beschimpfte die Schwester, saß lange vor dem Fenster und verfolgte die vorüberziehenden Wolken. In der Dunkelheit döste sie ein und wachte mit schmerzendem Rücken und ziehendem Nacken auf. Nur der Mond spendete durch die beleuchteten Wolken etwas Licht. Sie drehte sich und hievte sich stöhnend auf das Bett. Der Rollstuhl kippte auf die Seite, sie zog sich mit einigen Pausen auf das Laken und hob die Beine in Position. Mit weit geöffneten Augen grübelte sie Minuten und Stunden, lauschte den Geräuschen der Natur, den Zikaden und dem Wind. Irgendwann schläferte sie das gleichförmige Rauschen der Blätter ein.

-

Kurz nach dem Sonnenaufgang wurde Emily von Schwester Linda geweckt. „Guten Morgen, Miss Jensen", sagte sie gut gelaunt. „Frühstück gibt es im großen Saal. Soll ich Ihnen beim Anziehen helfen?" Sie stellte den Rollstuhl auf und schob ihn neben das Bett.

Emily linste unter ihrer Decke hervor. „Verschwinde", sagte sie matt mit verkratzter Stimme.

„Heute wird es einen wundervollen Tag geben. Raus aus den Federn."

„Hast du eigentlich immer gute Laune?", krächzte Emily müde.

„Ich denke schon", trällerte Linda.

„In dem Fall kann ich dir helfen." Emily schlug ihre Zudecke zurück und stützte sich auf einen Ellenbogen, um Linda besser sehen zu können. „Ich habe nie darum gebeten, hier zu sein, ich will das nicht und ich mag dich nicht. Glaube bloß nicht, dass ich deine Freundin bin. Und nun verschwinde und nimm deine gute Laune mit. Ich bin ein Krüppel. Und daran gibt es nichts Lustiges."

„Alles klar, Miss Jensen." Die Stimme von Schwester Linda war weiterhin herzerfrischend. „Raus, aus den Federn."

Emily kniff die Augen zusammen. „Du checkst es nicht, oder? Der Doc gibt mir nicht mal eine zehnprozentige Chance, jemals wieder laufen zu können. Dieser ganze Zirkus, die Übungen und all der Aufwand bringen niemandem etwas. Und ich werde ganz sicher nicht zusammen mit den anderen Krüppeln frühstücken und so tun, als wären wir alle eine glückliche Familie."

„Sie wollen alle gesund werden, oder zumindest soweit genesen, bis sie ohne fremde Hilfe klarkommen. Unsere Therapie unterstützt sie dabei. Es ist ein wichtiges Ziel, was wir verfolgen, und auch Sie können das hinbekommen." Linda lächelte und winkte Emily zu. „Kommen Sie mit. Ich stelle Ihnen ein paar nette Leute vor. Judy ist in Ihrem Alter. Sie hat ein Zimmer am Ende des Flures und könnte ein wenig Gesellschaft gebrauchen. Sie werden sich bestimmt gut verstehen."

„Vergiss es. Ich brauche niemanden und schon gar nicht werde ich jemanden unterhalten. Ich komme sehr gut alleine klar. Und jetzt mach die Tür von außen zu." Emily ließ sich auf ihr Kopfkissen fallen und verkroch sich unter der Decke.

„Wie Sie wollen. Drücken Sie den roten Knopf über dem Bett, wenn Sie Probleme haben. In meiner Schicht können Sie mich auch rufen, falls Sie es sich anders überlegen. Ich unterstütze Sie übrigens auch, wenn Sie auf die Toilette müssen." Linda zwinkerte Emily zu.

„Ich brauche keine Hilfe. Nicht von dir und auch nicht von irgendjemand anderem, hast du das verstanden?", schrie Emily unter ihrem Kissen hervor. „Verpiss dich, blöde Kuh!"

„Ihnen ist nicht zu helfen", sagte Linda, drehte

sich um und ging zur Tür.

„Na endlich!", rief Emily und wartete, bis die Schwester das Zimmer verlassen hatte. Dann schlug sie die Decke auf und setzte sich mühsam mit dem Rücken an das Kopfende. Sie fuhr sich durch die verstrubbelten Haare, war schlecht gelaunt und hatte Hunger. Ihr war bewusst, wie ungepflegt sie aussehen musste, aber selbst das war ihr egal. Dieser Tag würde ihr Leben nicht wieder in Ordnung bringen und auch nicht der nächste und der danach. Die Welt brauchte keinen weiteren Krüppel und kein Mädchen, das sie waschen und bemuttern mussten, weil sie nichts alleine auf die Reihe bekam.

Sie starrte auf den kleinen roten Knopf neben ihrem Bett. Irgendwann würde sie ihre Blase wieder entleeren müssen. Sie hatte gelernt, wie es mit dem Katheterröhrchen funktionierte, und könnte es einfach im Bett machen. Dann würden sie kommen, sie umziehen und das Laken tauschen. Damit hätten die nutzlosen Schwestern etwas zu tun und Emily ihre Genugtuung. Aber, wollte sie das überhaupt? Angetatscht zu werden von der fetten Kimberley und der immer gutgelaunten Linda oder wer da sonst noch war? Sie würden ihren Körper drehen und heben und ihn aufrichten und hinlegen, wie bei einer Puppe mit Batterie im Arsch. Mehr war sie nicht für sie und mehr war sie nicht für die Welt. Nutzlos und belastend.

Sie rutschte zur Bettkante, zog den Rollstuhl zu sich heran und stellte die Bremse fest. Jetzt brauchte sie sich nur dort runterfallen zu lassen. Wie immer gestaltete sich das Vorhaben kompliziert. Ihre Arme gaben unmissverständlich zu verstehen, dass sie nicht gewillt waren, ihr komplettes Körpergewicht zu tragen. Schließlich hatten sie das bisher auch nicht machen müssen und sie hatte nicht trainiert.

Es klopfte an der Tür und Betty kam herein. „Hey", flüsterte sie und schloss leise die Tür hinter sich.

„Hey. Was geht?"

„Ich hab deine Bestellung." Betty legte eine kleine Tüte mit weißem Pulver auf das Bett. „Das sind zwei Gramm Ice. Mit dieser Menge kannst du einen ausgewachsenen Elefanten lahmlegen. Aber überleg es dir gut. Wir können über alles reden. Ich bin für dich da."

„Ja, ja, schon gut. Du siehst doch, was aus mir geworden ist. Würdest du so leben wollen?" Emily griff nach der Tüte und schloss es in ihre Hand ein.

Betty senkte den Kopf. „Wahrscheinlich nicht."

Die beiden sahen sich gegenseitig an. „Komm her", sagte Emily und klopfte einige Male mit der flachen Hand neben sich auf das Bett. „Irgendwann sehen wir uns wieder. Das ist nur mein Körper, der Abschied nimmt. Die Seele geht auf dieser Welt nicht verloren. Vielleicht komme ich als junge Version von Leonardo DiCaprio oder Johnny Depp zurück. Hey, sieh es positiv. Dann können wir es so lange miteinander treiben, bis wir tot umfallen." Sie wurde auf einmal ernst, schluckte und fuhr leise fort: „Übrigens, der Alte ..." Sie machte eine Pause und atmete schwer. „Ich habe den Penner totgefickt."

„Was hast du?" Betty verstand nicht.

„Den Penner aus dem Diner. Ich habe ihn solange gefickt, bis er einen Herzanfall bekam. Ich habe ihn totgefickt. Was gibt es da nicht zu verstehen?"

Betty hielt sich die Hand vor den Mund. „Das ist nicht dein Ernst, oder?"

„Doch, verdammt. Ich wollte das nicht, aber es ist nun mal passiert. Ende."

„Wenigstens hatte er noch einmal Spaß." Betty legte ihre Hand auf Emilys Oberschenkel und sah Emily beklommen an. „Mach dir nichts draus."

„Ich weiß. Das habe ich mir auch schon gesagt. Insgesamt war es doch eine gute Tat, nicht wahr?"

„Genau. Das war es gewiss. Eine verdammt gute Tat." Betty schmunzelte.

„Verschwinde jetzt, ich habe etwas zu tun", sagte Emily und öffnete die Hand mit dem Tütchen.

Betty verstand und umarmte sie. „Ich hab dich lieb, Schätzchen. Überleg dir, was du tust. Vielleicht finden wir einen anderen Weg." Sie kämpfte mit den Tränen.

Grob schob Emily sie zurück. „Los verschwinde. Ich hasse Abschiede."

„Aber ..."

„Kein aber", fuhr Emily dazwischen. „Geh jetzt."

Betty erhob sich und strich Emily freundschaftlich über einen Arm. „Ich hab dich lieb."

„Ja, ich dich auch." Emilys Worte kamen ihr eintönig über die Lippen.

„Wir hatten eine gute Zeit." Betty schluchzte. „Ich kann immer noch nicht begreifen, warum ausgerechnet dir so etwas passieren musste."

Deutlich hörbar atmete Emily ein und aus. Sie zwinkerte und sagte zynisch: „Wenn du nicht auf der Stelle verschwindest, prügel ich dich raus."

Verhalten nickte Betty, erhob sich und hielt Emily fest. Ihre Augen waren rot unterlaufen und ihr Mund zuckte. Aber sie schwieg, blinzelte ein letztes, bedeutendes Mal. Dann drehte sie sich um und ging. Erst als die Tür ins Schloss gefallen war, sagte Emily leise:

„Machs gut, meine Freundin. Leb wohl." Es wurde Zeit, sich dem Problem ihrer vollen Blase zu widmen. Emily wollte diesen Zustand nicht länger ignorieren.

-

Emily war in das Badezimmer gerollt und stand neben der Toilette. Die winzige Distanz, das letzte Stück vor dem Ziel schien jetzt unerreichbar zu sein. Sie hielt sich am verchromten Griff fest, stützte sich auf die Armlehne des Rollstuhls und hob ihren Körper mit Kraft, stöhnend und fluchend an. Die Räder rollten zurück, sie hielt eisern am Griff fest, kam in Schräglage, kippte nach vorn, der Stuhl krachte gegen die Wand und sie rutschte, fiel und landete auf den kalten Fliesen. Mit aufgerissenen Augen starrte sie an die gegenüberliegende Wand und blieb in dieser Stellung liegen.
Die Minuten vergingen.
Emily sah die Schnur mit dem roten Knopf über der Toilette und einen in der Dusche. Beide waren unerreichbar hoch angebracht. Sie stieß eine Lachsalve aus. Ohnehin würde sie keine Hilfe von den immer fröhlichen Schwestern annehmen. Ihr Gelächter wandelte sich in Jammern und Weinen, und dicke Tränen verwässerten ihre Sicht. Mit dem Handrücken wischte sie über ihre Augen und sie schluchzte und legte erschöpft und hilflos ihre Wange auf den harten Boden.
Emily zog sich Stück für Stück in die Dusche, drehte sich und schaffte es, sich aufzusetzen und an die Wand zu lehnen. Sie zerrte ihr langes Krankenhemd unter dem Po hervor und hielt es über dem

Bauch fest, schob sich das Röhrchen rein und schon bildete sich ein gelber Rinnsal, der in Schlängellinie bis in den Abfluss lief. Emily schloss die Augen und wartete.

Wie lange sie hier verbrachte, die eintönigen Fliesen anstarrte und über sich, das Leben, den Unfall, ihre Freunde und wirre Dinge nachdachte, konnte sie nicht einschätzen. Aber es müssen Stunden vergangen sein, bevor sie sich kraftvoll über den Fußboden in das Zimmer bis vor das Bett zurückzog. Sie lehnte sich gegen das Gestell und sah zum Fenster hinaus auf die Baumkrone der alten Esche. Jetzt musste sie sich von der großen Kraftanstrengung erholen.

Ihr Magen rebellierte mit knurrendem Grummeln, sie ignorierte das Verlangen, zog das Tütchen Ice aus ihrem Strumpf hervor, schüttelte es gegen das Licht der Sonne und öffnete es. Vorsichtig schüttete sie das Pulver in drei Bahnen auf den Fußboden und schob die entflohenen Krümel mit einer Seite der Tüte zusammen. Emily rutschte zum Nachtschränkchen, öffnete das Schubfach und fischte blind darin herum, bis sie die Fünfzig-Dollar-Note fühlte und zugriff. Sie rutschte zurück, legte sich mit dem Gesicht vor die weißen Bahnen, rollte den Schein zu einem Strohhalm zusammen und schniefte die erste Welle ein.

Die Tür ging auf und Schritte folgten.

„Was machen Sie auf dem Boden?" Oberschwester Kimberley begriff schneller, als sie diese Worte ausgesprochen hatte, zerrte Emily nach hinten, trat auf die übrig geblieben Spuren und ruckte an ihr herum. Emily jammerte, strebte nach vorn und Kimberley schrie wie am Spieß nach irgendwelchen Leuten, drückte sie zurück und schlug ihr den Geldschein aus der Hand.

Bereits nach wenigen Sekunden stellte sich die Wirkung des Methamphetamin ein. Ihr Herz begann zu rasen und ein Gefühl der Leichtigkeit breitete sich in ihren Adern aus und überfiel in wohltuenden, erleichternden Wellen den ganzen Körper. Sämtliche Probleme verflogen und Emily fühlte sich agil, hellwach und bärenstark.

„Lass mich in Ruhe, fette Kuh", sagte sie laut und stieß die Oberschwester gegen ein Bein. „Du hast meinen schönen Stoff ruiniert. Jetzt muss ich dir leider die Fresse polieren. Beug dich runter." Dabei grinste Emily fies, zog sich herum und schlug mit der Faust nach ihr. Oberschwester Kimberley wich geschickt aus.

„Komm her, fette Kuh. Du siehst doch, dass ich nicht aufstehen kann, oder bist du gleichzeitig blind und blöd? Hol dir deine Strafe ab." Emily winkte aggressiv.

Ein Mann in weißem Kittel kam herbeigeeilt, stellte seine Tasche auf dem Bett ab und öffnete sie. „Wissen Sie, was die Patientin eingenommen hat?", fragte er souverän.

Weitere Leute kamen ins Zimmer gehetzt.

„Ich habe keine Ahnung. Da liegen noch Reste." Kimberley zeigte darauf.

Der Doktor sagte zu einer Schwester: „Machen Sie mir vierzig Milligramm Diazepam fertig", und wandte sich an Kimberley: „Wie viel hat sie genommen?"

„Ich weiß es nicht." Sie zuckte mit den Schultern.

„Gut", sagte der Doc. „Legen Sie die Patientin auf das Bett. Wir müssen sie arretieren. Ich brauche sofort ein EKG. Alle fünfzehn Minuten bekommt sie zwanzig Milligramm davon." Er reichte der Schwester einige Fläschchen. „Besorgen Sie drei, vier Ampullen Tolazolin."

„Das haben wir nicht, Doc", entgegnete die Oberschwester.

„Dann einen anderen Alpha-Rezeptorenblocker. Wir müssen das Herz beruhigen. Schnell beeilen Sie sich", sagte er und zeigte mit ausgestrecktem Arm zum Ausgang.

Als wäre der Augenblick ein Bühnenstück, eigens für sie auf die Beine gestellt, genoss Emily breit grinsend die Vorführung. Nur als der Doc mit einer Spritze näher kam, griff sie ein, fuchtelte mit den Händen und wehrte ihn ab. Der kräftige Mann, der sie zusammen mit der Oberschwester auf das Bett gehievt hatte, hielt sie fest. Emily zappelte, so gut es möglich war, und schrie: „Lasst mich los, ihr Schweine." Doch sie hatte gegen die geballte Kraft von oben keine Chance und die Spritze bohrte ihre lange Nadel munter in eine Vene ihrer Armbeuge.

-

Es war finster, als Emily die Augen öffnete. Sie schmeckte Metall und die Zunge fühlte sich rau und der Gaumen trocken an. Ihr Rausch war verflogen. Der Vollmond und ein paar helle Sterne standen am Nachthimmel und schienen mit ihrem blassen Licht in das Zimmer hinein. Der große Fensterflügel war leicht geöffnet und die kühle Luft brachte den Duft des Meeres, von Algen, Fisch, alten Erinnerungen und Urlaub mit.

Emily hing am Tropf und war an den Schläfen und der Brust verkabelt. Die Drähte führten zu Geräten neben ihrem Nachtschränkchen. Eins davon zeigte auf einem kleinen Monitor zuckende Linien und leuchtende Zahlen. Ihr Kopf brummte. Neben ihrem Bett stand der Rollstuhl wie eine Einladung, der sie nicht widerstehen konnte. Kurz entschlossen riss sie sich die Pflaster vom Arm und zog die Kanüle heraus, löste die Drähte und wuchtete sich in den Rollstuhl. Ihr langes weißes Hemd war verdreht, ließ eine Schulter herausschauen und bedeckte ihre Knie.

Emily schnappte sich die Zudecke, legte sie sich über die Beine und rollte auf den Hausflur hinaus. Auch hier war es still und nahezu dunkel. Nur die kleinen Notlampen und die Schilder zu den wichtigen Räumen der Klinik spendeten dezent Licht. Leises Husten war zu hören und weiter hinten im Gang dudelte aus irgendeinem Zimmer verhalten ein alter Song aus den Siebzigern.

Emily rollte über den langen Flur in die Lobby. Sacht glitt der Gummi ihrer Räder über den Bodenbelag und die Sitzauflage ächzte bei jeder Armbewegung und jedem Schwung. Verlassen flackerte hinter dem Empfangstresen ein Monitor vor sich hin und brachte schonend Unruhe in den Korridor. Ungesehen rollte Emily vorbei und weiter bis zur Glastür am Hinterausgang. Automatisch schoben sich die Scheiben auseinander und sie rollte in den Garten hinaus. Das intensive Aroma eines Fliederstrauchs begrüßte Emily zur späten Stunde, weiter hinten im Park wurde es gegen die starken Gerüche von frisch gemähtem Gras und den Düften vom Meer getauscht. Es war kühl. Emily zog die Decke bis über die Schultern und rollte weiter bis zur alten Esche. Von hier aus konnte sie das Meer sehen, sie kuschelte sich ein und verlor sich in Gedanken und dem Anblick des Mondes, der sich auf dem Wasser spiegelte.

-

Am Morgen, als die Sonne ihre herrlich rote Farbe gegen ein blendendes Gold getauscht hatte, lag die Zudecke im Gras und Emily schlief zusammengesunken in ihrem Stuhl.

„Ich habe Sie schon überall gesucht. Sie müssen etwas essen." Die Stimme von Linda weckte Emily auf. Die Kälte saß in den Knochen, ein kalter Schauer huschte durch ihren Körper und bildete auf ihrem Rücken und den Armen Gänsehaut. Die morgendlichen Sonnenstrahlen taten gut und Emily reckte schlaftrunken ihr Gesicht in diese Richtung.

„Nehmen Sie, ich habe Essen mitgebracht", sagte die Schwester und hielt ihr einen Teller mit zwei belegten Brotscheiben und einem Apfel entgegen.

Emily ignorierte sie und das Essen, wärmte sich die Wangen und die Nase im Licht und ließ die Augen geschlossen. Ein seichter Wind strich durch die Haare.

„Nun machen Sie schon, Miss Jensen. Sie brauchen Kraft für den neuen Tag."

Emily reagierte nicht.

„Die Ärzte sagen, dass es Hoffnung gibt. Sie müssen essen und mit den Übungen anfangen." Die Schwester wirkte gelassen und hielt Emily duldsam den Teller entgegen.

„Wenn du mir wirklich helfen willst, schiebst du mich nach vorn." Emily zeigte mit weit ausgestrecktem Arm zur Küste. „Einfach bis zur Klippe. Den

Rest erledige ich selbst."

Nach einer gemeinen, kurzen Auseinandersetzung rollte der Teller über das Gras, und die belegten Brote verteilten sich vor Emilys Füßen. Etwa zwanzig Minuten später lag sie mit blutverschmierten Händen und verschrammtem Gesicht am Felsvorsprung, hatte einen Schuh verloren und sah auf die spitzen Felsen des Steilufers hinunter. Zwölf Meter freier Fall müssten genügen. Das war alles, was Emily blieb.

„Was machen Sie da?", sagte eine tiefe Männerstimme. „Sie werden noch hinunterstürzen."

Emily sah hinter sich am Geländer den Mann mit den Krücken von der Sonnenbank. Gelassen schaute er auf das Meer hinaus und sagte: „Das ist ein wunderschöner Morgen. Finden Sie nicht auch?"

„Lass mich in Ruhe", erwiderte Emily.

„Ganz bestimmt nicht. Zumindest solange nicht, bis Sie hinter der Absperrung und in Sicherheit sind. Kommen Sie, ich helfe Ihnen." Er streckte ihr seine Hand entgegen.

„Für mich gibt es keinen schönen Morgen, und *wunderschön* gehört nicht mehr zu meinem Sprachgebrauch", sagte Emily trotzig.

„Kann ich verstehen." Der Mann sagte das mit Blick auf den Horizont, versonnen und gleichgültig. „Ging mir am Anfang genauso."

„Sie haben noch ihre Beine, oder?" Emily konnte ihren Zorn nicht unterdrücken. „Ich habe nichts."

„Seit wann ist von Bedeutung, was wir nicht haben?" Jetzt blickte der Mann sie an.

„Was soll das heißen?"

„Nun, ..." Er machte eine Pause und sah wieder auf das Meer hinaus. Der Wind strich ihm durch die krausen Haare. „Es gibt viele Dinge, die ich nicht besitze. Ich habe keinen Bugatti vor dem Haus, nicht mal ein eigenes Haus, kein Château oder eine Enkeltochter. Aber das ist okay. Ich orientiere mich an den Dingen, die ich besitze. Das ist nicht gerade wenig."

„Und was soll das sein?"

„Ich habe eine liebe Frau, die immer zu mir hält und mich unterstützt, eine hübsche und schlaue Tochter, ein gemütliches Heim mit einem alten aber sehr bequemen Sofa und einen Nachbarn, der zwar hin und wieder ein vorlautes Mundwerk hat, aber den Zaun ohne Murren repariert und zu unseren Gartenpartys ein willkommener Gast ist. Und ja, ich habe noch meine Beine, auch wenn eins davon derzeit nicht funktioniert, aber ich bin gesund. Ich hätte bei dem Unfall sterben können. Nun bin ich hier und darf auf das Meer hinaussehen und mich am Tag erfreuen."

„Schön für dich. Kannst du mich jetzt alleine lassen?"

Energisch schüttelte er mit dem Kopf. „Nein, das werde ich nicht. Wissen Sie, Miss, wir können den Wind nicht ändern, aber die Segel anders setzen. Unsere Fahrt wird weitergehen. Anders, aber stets voran." Er überlegte. „Aber wer sagt, dass es schlechter sein wird?" Laut rief er Richtung Haupthaus und winkte offenbar jemandem zu: „Hilfe! Ich brauche Hilfe."

Emily brauchte keine schlauen Ratschläge. Davon hatte sie in den letzten Tagen und Wochen schon zu viel gehört. Sie stützte sich auf und schob sich weiter an den Rand. Der Mann stellte seine Krücke vor ihre Schulter und stützte sich darauf ab.

„Was soll das? Verschwinde!", brüllte Emily und

schlug gegen die Sperre.

Ein Pfleger in weißem Kittel erreichte sie, erkannte die Situation und hielt Emily am Fußknöchel fest. Es dauerte nicht lange, bis sie hinter dem Geländer lag und sie der Pfleger in ihren Rollstuhl bugsiert hatte. Da nützte kein Schreien und Zappeln. In der Klinik angekommen, wurde sie im Büro der Oberschwester abgestellt und musste auf ihre Moralpredigt oder was auch immer warten. Neben ihr hatte sich ein Pfleger mit verschränkten Armen positioniert, als ob sie eine Schwerverbrecherin wäre.

„So geht das nicht weiter mit Ihnen, Miss Jensen", sagte Kimberley, als sie den Raum betrat.

„Was willst du dagegen machen?", konterte Emily hitzig.

„Für solche Fälle haben wir Spezialisten. Ich mache das nicht länger mit und habe jemanden angefordert, der sich Ihrer annimmt."

„Wer sollte mir schon helfen?" Emily nahm den Radiergummi vom Tisch und ließ ihn zwischen den Fingern tanzen. Kimberley riss ihr den Radiergummi aus der Hand und verstaute ihn wortlos aber schnaufend in der Schublade.

„Möglicherweise kann er das wirklich nicht, aber er kann Sie in die Psychiatrie überweisen."

„Damit Sie mich endlich los sind?", gab Emily schnippisch zurück.

„Sie machen jedem das Leben schwer. Niemand hat Zugang zu Ihnen, Sie essen nichts und jetzt die Sache an der Klippe." Wütend zeigte Kimberley ungefähr in Richtung Meer. „Wenn Sie nicht mitarbeiten, kann Ihnen niemand helfen."

„Sie glauben, in der Klapse bin ich besser aufgehoben?", schrie Emily. „Ich gehe da nicht hin. Niemals!"

„Diese Entscheidung liegt beim Doc. Er müsste gleich hier sein." Kurz darauf fügte sie leise hinzu: „Und es ist ein Wunder, dass überhaupt noch jemand etwas mit Ihnen zu tun haben will. Sie sollten dankbar sein und es als letzte Chance betrachten."

Mit Schmollmund griff Emily nach dem blauen Kugelschreiber und Kimberley klatschte ihr die Hand weg, riss ihn an sich und verstaute ihn ebenso im Schubfach. Dann schob sie den Locher und den kleinen Notizblock aus Emilys unmittelbarer Reichweite auf ihre Tischseite. „Was haben Sie sich nur dabei gedacht. Sie sind in der besten Klinik im Umkreis untergekommen und genießen die Unterstützung der erfahrensten Ärzte im Land. Und was tun Sie? Sie nehmen keine Hilfe an und wollen sich umbringen. Ich frage mich wirklich, ob Sie Ihren Platz nicht für jemanden freimachen sollten, der dankbar für unsere Hilfe ist." Oberschwester Kimberley rutschte auf ihrem Bürostuhl zurück und überschlug die Beine.

„Das denke ich mir schon die ganze Zeit", sagte Emily schnippisch.

„Sie sollten an sich halten. Längst nicht jeder hat das große Glück, dass alle Kosten übernommen werden. Sie besitzen nicht mal eine Krankenversicherung. Vergessen Sie das nicht."

„Dankbar?" Emily lachte kurz laut auf.

Kimberley verschränkte die Arme. „Ich habe mich über Sie erkundigt, Miss. Sie wohnen in einem Abrisshaus, haben keine Arbeit und keinerlei finanzielle Absicherung. Die Spedition hätte nicht für Sie zahlen müssen. Der Fahrer, der Sie angefahren hat, trägt keine Schuld."

Emily war genervt. Das wollte sie sich nicht länger anhören, hielt sich die Ohren zu und summte unüberhörbar. Kimberley wandte sich ab, schüttelte den Kopf und lehnte sich weit zurück.

Nach etlichen Minuten kam der erwartete Doc ins Zimmer. Seine hallenden Schritte kündigten ihn bereits an. Gelangweilt drehte sich Emily zu ihm und konnte nicht erfassen, wen sie dort sah. Mit offenem Mund und wie vom Schlag getroffen gaffte sie auf den Penner aus dem Diner. Wieso lebte er? Und warum war er hier?

William trug ein dunkelgraues Baumwollsakko und eine altmodische Kordhose, blieb stehen, als er Emily erblickte und hielt sich mit einer Hand am Türrahmen fest. Offenkundig war er ebenso geschockt.

„Emily?", fragte er verdutzt. „Was machst du hier?"

„Sie kennen diese Göre?", mischte sich die Oberschwester ein und erhob sich. Sie ging zu ihm und reichte ihm die Hand.

William nickte. „Kennen wäre zu viel gesagt. Wir haben uns in einem Diner kennengelernt und gemeinsam gefrühstückt."

„Aber, ..." Emily brachte die Worte nur schwer heraus. „Du bist tot", sagte sie leise und mit schwankender Stimme. Sie vergaß zu blinzeln und den Mund zu schließen.

„Ich denke nicht", sagte William entschlossen und wandte sich an die Oberschwester. „Ich werde diese Patientin nicht übernehmen. Tut mir leid. Bei jedem anderen würde ich meine Hilfe nicht verwehren, aber in diesem Fall kann ich nichts für Sie tun."

„Und ich kann Sie nicht umstimmen?", versuchte

es Kimberley weiter.

„Keine Chance, aber ich werde eine Überweisung ausstellen", sagte William.

„Weder Macon, Milledgeville oder die Klinik Middle Georgia haben die geeigneten Mittel oder Kapazitäten für so etwas." Herabwürdigend zeigte Kimberley mit der flachen Hand auf Emily.

„Also, was ist? Soll ich Ihnen helfen, diese Patientin loszuwerden?" William würdigte Emily keines weiteren Blickes.

„Ja, ich wäre Ihnen wirklich dankbar, Doktor."

„Gut, dann nehme ich die erforderliche Untersuchung vor. Ich denke, morgen ist alles ausgewertet und Sie sind die Kleine los."

„Vielen, vielen Dank. Sie haben etwas gut bei mir." Kimberley ging an ihren Schreibtisch zurück und holte eine Mappe.

William nickte und brummte leise.

Kimberley überreichte dem Doc die Mappe und schüttelte seine Hand. „Danke Doktor Thompson. Die Kosten wurden bereits übernommen."

„Schon gut, machen wir es kurz. Bringt sie in mein Zimmer." William drehte sich um und humpelte auf den Flur hinaus.

Ungewöhnliche Untersuchung

Emily wurde von Linda und dem Pfleger bis zu dem Untersuchungszimmer begleitet. William kam vom Nebenraum herbeigehumpelt, legte sorgfältig sein Sakko über die Stuhllehne, sah sich im Zimmer um, öffnete das Fenster und setzte sich hinter den ausladenden Schreibtisch. Er las die Papiere und sagte kein Wort, und auch Emily blieb still. Nach einer Weile erhob er sich, legte die Blätter auf den Tisch und schaute aus dem Fenster. „Ich brauche Ihre Hilfe nicht", sagte Emily.

William drehte sich um und sah sie mit ernstem Blick an. Dann setzte er sich an den Rand auf den Schreibtisch und legte seine Hände in den Schoß.

„Ich hätte nicht damit gerechnet, dich noch einmal zu sehen." Fast bedeutsam kaute er auf seinen Lippen. Sein ungepflegter, ergrauter und lückenhafter Vollbart sah heute genauso wild aus, wie sie ihn aus dem Diner kannte. Sein rechtes Auge wirkte kleiner als das linke und tiefe Falten überzogen seine Stirn und das Gesicht.

„Ich dachte, Du bist ..." Emily sprach nicht weiter.

„Tot. Du kannst es ruhig aussprechen. Du hast nicht mal nach Hilfe gerufen."

„Ja", sagte sie kleinlaut und wunderte sich, warum er ihr nicht gleich an die Kehle gesprungen ist. Zumal es sein gutes Recht gewesen wäre.

„Übrigens gehört das mir." Er zeigte auf ihre Hand.

Verwirrt hob sie die Hand. Was meinte er?

„Der Ring", sagte er besonnen. „Du hast meinen Schmuck und mein Geld gestohlen."

Hastig zog und drehte sie an dem Ring, doch er saß fest und ließ sich nicht über den Knöchel schieben. Wirr zerrte sie daran, spuckte darauf und drehte ihn, bis der Finger schmerzte.

„Ich warte." Scheinbar entspannt hielt er ihr seine flache Hand entgegen.

„Er geht nicht ab. Ich gebe Ihnen alles zurück. Versprochen." Emily war hektisch.

William hatte die Beine übereinandergeschlagen und wippte mit seiner Schuhspitze. „Jetzt mach schon. Wenn du ihn mir nicht geben willst, hole ich ihn mir selbst, und wenn ich dir dabei den Finger abreißen muss."

Emily schützte ihre Hand unter der Achsel. „Das mache ich doch nicht mit Absicht, verdammt noch mal. Ich bekomme ihn schon ab."

„Vorsicht, Kleine. In meiner Gegenwart wirst du nicht fluchen. Sonst lernst du mich kennen."

Wieder zerrte sie an dem Ring und drehte ihn. Ihr Finger war inzwischen rot und schmerzte, und was noch schlimmer war, er schwoll langsam, aber sicher an.

„Warum bist du überhaupt hier, Emily Jensen? Und wie bist du in diese bedauerliche Lage geraten?" Nacheinander schob er beide Ärmel seines schwarzen Rollkragenpullovers über die Ellenbogen hoch, zeigte auf den Rollstuhl und verschränkte die Arme.

„Als ich von deinem Haus kam, hat mich ein Truck auf der Madison Street erwischt. Hast du nichts davon in der Zeitung gelesen?"

„Nein. Zu dieser Zeit lag ich selbst im Krankenhaus. Schon vergessen?" Sein Blick war starr, er verzog keine Mine.

Emily senkte den Kopf. „Nein hab ich nicht. Tut mir leid."

„Ja, mir tut es auch leid. Und zwar, dass ich einen derart widerwärtigen Menschen kennengelernt habe." William stand auf, kam zu Emily und ging einmal um sie herum. Dabei sah er sie prüfend an, tippte auf ihr Knie und griff kräftig zu. „Spürst du das?"

Sie schüttelte den Kopf.

„Weiß du, in dem Diner habe ich dich für ein anständiges Mädchen gehalten. Ein wenig verrückt aber ehrenwert. Ich habe mich wohl getäuscht." Er tastete bis zu ihren Füßen herunter, nahm und massierte ihn. Dann ließ er ihn abschätzig auf den Tritt fallen. „Wo ist mein Geld?" Er erhob sich und lehnte sich mit dem Gesäß an den Tisch.

„Es ist in meinem Zimmer. Wir können es sofort holen." Sie zeigte zur Tür.

„Warum wolltest du mich sterben lassen?"

„Das wollte ich nicht. Wirklich. Aber du hast so dagelegen und ich dachte, ich könnte ohnehin nichts tun. Wer hätte dann dein Geld bekommen? Die Bullen, der Bestatter, deine Enkel? Es waren doch nur fünfzig Dollar. Warum machst du so einen Aufstand deswegen?"

„Es hätten auch fünftausend sein können. Du hast keinen Respekt vor dem Leben. Sag mir eines, warum sollte ich dir jetzt helfen? Nenne mir nur einen Grund." Er sprach ruhig und gleichbleibend. Das war ihr unangenehm.

„Ich habe nie um Hilfe gebeten. Das habe ich denen schon tausendmal gesagt. Ich will nicht hier sein.

Mein Leben ist vorbei."

„So, dein Leben ist also vorbei, Emily? Du bist einundzwanzig Jahre alt und noch ein winziges Küken, hast so gut wie nichts von der Welt gesehen und willst wissen, wann das Leben vorbei ist?" Er lachte kurz und gepresst. Dann zeigte er auf seine rechte Gesichtshälfte und zog den linken Mundwinkel in die Breite. „Siehst du, auf dieser Seite funktioniert es nicht mehr." Demonstrativ hielt er seine rechte Hand mit gebeugten Fingern hoch. „Ich bekomme sie nicht mehr gerade. Anfangs sah es schlimmer aus." Mit den Fingern formte er eine Röhre. „Mehr war nicht möglich. Aber ich übe jeden einzelnen Tag, und schau an, was ich erreicht habe." Deutlich hörbar atmete er durch. „Wenn du ein Herz hättest, wäre mir das erspart geblieben. Die Lähmung betrifft die Hälfte meines Körpers vom Gesicht bis in die Fußspitze. Aber dir ging es um mein Geld und den Schmuck. Nicht wahr? Das war es doch, was du wolltest?"

Mit hängendem Kopf schwieg sie und getraute sich kaum, ihm in die Augen zu sehen.

„Also Mädchen, was wolltest du wirklich von mir? Mein Geld scheint es jedenfalls nicht gewesen zu sein. Sag schon!"

„Es war ..." Sie konnte es nicht aussprechen.

„Erzähl mir nicht, dass du mit absolut jedem ins Bett gehst und ich war rein zufällig da."

Emily nickte. „So ungefähr. Es war eine Art Wette. Wieso bist du durch diese Tür gekommen und warum war es nicht ein fünfundzwanzigjähriger Single mit athletischem Körper oder so. Das mit dir habe ich nicht geplant. Ehrlich. Ich wollte nicht, dass dir etwas passiert und ich wollte auch dein Geld nicht, aber ich dachte, du wärst tot."

„Zwecklos, mit dir darüber zu reden." Er verschränkte wieder seine Arme. „Du bist ein selbstsüchtiges Miststück."

Niedergeschlagen hauchte sie: „Ich wollte nicht auf diese Wette eingehen. Und dann hatte ich eine Scheißangst, als du auf dem Boden lagst."

„Ah, ja", sagte er und es kam ihr reichlich zynisch vor.

„Was hätte ich denn tun sollen?", brüskierte sich Emily.

„Nichts." Er lachte laut und wurde gleich wieder ernst. „Die auf dem Boden liegen, müssen beklaut werden. Eine andere Möglichkeit gibt es offenbar in deinem Leben und deinem kranken Hirn nicht." Er beugte sich vor und kniff sie kräftig über dem Knie. „Spürst du irgendetwas?"

Sie schüttelte den Kopf. „Es tut mir wirklich leid." Ihr Gram kam tief aus dem Herzen und sie zeigte auf ihre Beine. „Das ist meine Strafe, oder?"

„Niemand wird bestraft. Nicht einmal die bösen Mädchen. Es sei denn, ein Richter fällt ein Urteil. Aber die Welt an sich bestraft keine Leute. Jeder tut es selbst und zieht mit sich ins Gericht."

Die Tür ging auf und William verstummte. Schwester Linda kam herein. „Wenn Sie noch etwas benötigen, ich bin heute bis einundzwanzig Uhr im Haus."

„Danke. Gegebenenfalls melde ich mich bei Ihnen."

Linda lächelte sanft. „Könnten Sie später bitte nach David sehen? Zimmer einhundertneun." Dabei sah sie abschätzig zu Emily, drehte sich weg und verließ den Raum.

William blickte wieder zu Emily, sagte nichts, kaute auf seinen Lippen und strich sich über den

Bart. Es war völlig still im Raum, nur aus den Gängen waren Stimmen und ein sanftes Quietschen zu hören.

„Was ist?", fragte sie, um die Stille zu brechen, und er quittierte ihre Worte mit hochgezogener Augenbraue.

„Sag doch etwas. Willst du mir eine runterhauen?" Sie streckte ihr Kreuz durch und stöhnte leise. Das lange Sitzen war gewöhnungsbedürftig und quälte sie an diesem Morgen mit Rückenschmerzen und einer Verspannung der Schultern.

Seine Augen waren klein. Er kaute leicht, sah sie an und bewegte sich ansonsten kein Stück. Sein Schweigen breitete sich im Raum wie eine klebrige Masse aus und die allgemeine Stimmung wurde für Emily nahezu unerträglich. Sie drehte ihren Kopf schräg und zeigte auf ihre Wange. „Wenn du willst, dann tue es. Vielleicht geht es dir danach besser", sagte sie, William bewegte sich und sie kniff die Augen zusammen.

Anstelle eines Schlages räusperte er sich und sagte: „Du denkst, damit ist alles erledigt?"

„Egal. Schlag zu, ich habe es verdient."

„Wir werden sehen." William wirkte gelassen.

„Und was jetzt?"

„Du hast gehört, dass ich gebraucht werde. Verschwinde in dein Zimmer. Wir sehen uns später."

Emily wagte weder zu blinzeln noch sich zu entspannen. „Mein Angebot steht jedenfalls." Sie tippte mit dem Zeigefingerfinger zweimal an ihre Wange, wartete nicht länger und rollte hinaus.

-

Gegen Abend kam William zu ihr. Seit Stunden saß Emily vor dem Fenster, grübelte und döste. Apathisch drehte sie sich zu ihm und begrüßte ihn mit blassem Nicken. In den letzten Stunden hatte sie der Hunger gequält, aber sie wollte nichts essen.

„Ich habe deine Unterlagen durchgesehen. Du hast die Schule abgebrochen und die Lehre als Beauty- und Wellnesskraft nicht geschafft. In sämtlichen Bars, in denen du gearbeitet hast, wurdest du rausgeworfen und zum Zeitungsaustragen warst du offenbar auch zu blöd. Selbst deine Eltern haben dich verstoßen. Nun, ich kenne sie nicht, aber ..." Er machte eine theatralische Pause. „Das musste wohl so kommen. Wie auch immer, du bist unfähig eine Freundschaft einzugehen und zu dämlich, unbeschadet über die Straße zu kommen."

„Das war ein Unfall, keine Blödheit!", schrie sie.

„Ruhig, Göre. Ich bin noch nicht fertig." Sein Tonfall war entspannt, seine Worte kamen ihm gelassen über die Lippen.

„Wenn ich mir dein Leben so ansehe, hast du nichts auf die Reihe bekommen. Doch es kommt noch schlimmer. Du bist dermaßen geistig verkümmert, dass du es nicht einmal schaffst, dich selbst zu töten." Jetzt wurde er lauter. „Wann, Mädchen, wann willst du endlich mal etwas in deinem Leben zu Ende bringen?" Er legte eine Rasierklinge und vier weiße Tabletten auf die Fensterbank, sah zu ihr und schob nacheinander die Sachen näher zu ihr.

Irritiert sah ihn Emily an.

„Pass jetzt genau auf. Du lässt dir die Badewanne ein. Das Wasser sollte nicht all zu warm sein, maximal fünfundzwanzig Grad. Dann schluckst du die Schlaftabletten, legst dich in das Wasser und ritsch."

Mit der Spitze des Zeigefingers fuhr er sich an der anderen Hand über die Schlagader. „Du tauchst den Arm in das Wasser und lässt dich sanft absinken. Die kühle Temperatur wird die Schmerzen dämpfen, so wirst du nicht einmal merken, wie du langsam ausblutest. Durch das Wasser wird dein Körper immer weiter abkühlen und du wirst müde werden und friedlich einschlafen. Wenn dich morgen früh eine Schwester findet, ist es zu spät dich zurückzuholen. Dann befindest du dich im Jenseits bei den Engeln, voller Harmonie und Glückseligkeit. Dann, kleines Mädchen und nur dann hast du deine Schuld beglichen. Und nicht nur das. Außerdem darfst du nicht vergessen, dass du ein elender nutzloser Krüppel bist und du solltest dir die unsäglichen Strapazen ersparen, und der Menschheit deinen erbärmlichen Anblick."

Sie war entsetzt und brachte kein Wort heraus. Ihr Kiefer war etwas heruntergefallen, die Wangen schmaler geworden und der Mund stand leicht offen.

„Es ist an der Zeit, zu beweisen, dass du irgendetwas in deinem jämmerlichen Leben auf die Reihe bekommst. Zeige der Welt, dass du kein völliger Versager bist, und befreie die Menschen von deiner Last. Du hast keinerlei Nutzen für die Gesellschaft, bist behindert und wirst nie wieder ohne fremde Hilfe irgendetwas machen können. Die Gesellschaft braucht dich nicht. Niemand will dich. Du bist nichts weiter, als eine lästige Plage." Er tippte auf die Tabletten und erhob sich. „Es ist ganz leicht." Von hinten klopfte er ihr einige Male sanft auf eine Schulter. „Diesmal schaffst du es, Mädchen", sagte er und trat zurück. „Ich weiß, dass du es kannst. Bringe es zu Ende und wir sind quitt."

Verstört nickte sie. Ist es das, was er wollte, was sie selbst wollte? Vielleicht hatte er recht. Sie war nutzlos und würde für jeden zu einer Last werden.

„Wo ist mein Geld?", fragte er unverhofft und sie drehte sich zu ihm um. Dann zeigte sie wortlos zum Schrank.

William riss die Schranktür auf und durchwühlte ihre Kleidung. Ihre Gesichtsmuskeln schienen vor Entsetzen gelähmt zu sein. Aus ihrer knappen Jeanshose fischte er den fünfzig Dollarschein, steckte ihn ein, knallte die Schranktür zu und legte seine Hand auf die Klinke der Zimmertür.

„Versaue es diesmal nicht und denke daran, dass du nicht mal so viel Wert bist, wie ein großer, stinkender Scheißhaufen."

Von außen schlug William die Tür zu.

Sie hörte seine Schritte auf dem Flur leiser werden und starrte verstört zur Tür. Auf einmal war es unglaublich still. Selbst der Wind und das Rauschen der Blätter der großen Esche vor ihrem Fenster verstummten, als seien sie wie auf einem Gemälde erstarrt. War das die Stille des Abschieds und hatte William Recht? Sollte sie dem Ganzen ein Ende bereiten? Emily sah auf ihre Beine. Und genau das war es: Sie war eine gewaltige Last und sie würde es für alle Zeit bleiben.

Da lagen die Tabletten neben der Klinge, und sie nahm sie in die Hand, schluckte ohne nachzudenken, rollte ins Badezimmer, trank etwas aus dem Hahn und ließ die Wanne mit kaltem Wasser ein. „Ich werde dir beweisen, dass ich keine Versagerin bin, Arschloch."

Fund

Die Türklinke bewegte sich, die Scharniere knarzten und blasses Licht fiel in das Zimmer.

„Emily?", rief William. Er steckte den Kopf durch die Tür, schaltete das Licht ein und lief zielstrebig ins Badezimmer.

Dort schwebte Emily im roten Wasser, als hätten ihre Haare abgefärbt. Sie schlief, sah bildschön und friedlich aus. Die blutige Rasierklinge lag neben dem umgefallenen Rollstuhl vor der Wanne.

Rasch griff William ihre Arme, zerrte sie aus dem Wasser und legte sie tropfend in den Flur. Er prüfte ihren Puls an der Halsschlagader, sah, wie das Blut träge aus beiden Handgelenken hämmerte und öffnete ihre Augenlider. Sie war weggetreten, aber lebte.

Hektisch drückte er den Rufknopf, riss die Schubfächer im Badschrank auf, warf Spuckschalen und Blechtassen heraus, griff sich den Zellstoff und das Verbandsmaterial und öffnete die Packung.

Als die Nachtschwester herbeieilte, hatte er bereits Emilys Handgelenke verbunden. Sie lag in einer roten Pfütze. „Schnell! Sie hat viel Blut verloren und ist stark unterkühlt. Ich brauche sofort ihre Blutgruppe. Reichen Sie mir die Decke." Er zeigte zum Bett.

„Wir haben keine Blutkonserven im Haus."

„Besorgen Sie mir eine Trage. Sie muss in fünf Minuten in einer Klinik sein."

Unterdessen hörte Emilys Herz auf zu schlagen.

„Einen Defibrillator, schnell!"

William begann mit der Herzdruckmassage. „Es tut mir leid", sagte er tonlos, als die Schwester weg war und blieb im Rhythmus der Druckbewegungen.

Ein junger Helfer brachte eine Trage, ein anderer eilte mit dem Defibrillator herbei.

Bereits der erste Schock holte Emily zurück, sie hievten sie auf die Trage und rannten durch die Gänge zum Ausgang. Da der Notarztwagen nicht unmittelbar verfügbar war, nahmen sie kurz entschlossen Williams klapprigen Ford Mustang und rasten durch die Dunkelheit der Straßen von Dublin zum Feirview Park Hospital. Der Arzthelfer fuhr den Wagen und William kümmerte sich um Emily. Er hockte im Fußraum, prüfte ihren Puls und die Atmung. Als sie vorfuhren, warteten bereits zwei Sanitäter vor dem Eingang der Notaufnahme. Jetzt ging alles sehr schnell.

„Sie hat einen flachen Atem, einen Puls um die dreißig, hat viel Blut verloren und ist stark unterkühlt", erklärte William hektisch und die Rettungshelfer, einer rechts und einer links vom Bett, rollten sie hinein. William folgte ihnen bis in den Notfallbereich.

„Bringt ihn raus", sagte der behandelnde Arzt und zeigte auf ihn.

Da William ohnehin nichts weiter ausrichten konnte, ließ er sich von der Schwester bis zur Aufnahme bringen. „Wir müssen noch einige Formulare ausfüllen."

„Aber ..."

Hinter einer Glasscheibe saß eine korpulente Frau mit schwarzen lockigen Haaren. Auf ihrem Namensschild stand Oberschwester Eleanor.

„Wie heißen Sie, Sir?", begann sie mit den Fragen

und sah ununterbrochen auf den Bildschirm.

„William, aber das tut nichts zur Sache. Ich bin nicht verwandt und habe das Mädchen lediglich hergebracht."

„Wo wohnen Sie?", fragte Eleanor, ohne auf ihn einzugehen.

„Miss, ich habe Ihnen doch gesagt, ..."

William wurde von ihr unterbrochen. „Ich brauche den Namen der Patientin und eine Versicherungskarte."

Er atmete tief und hörbar durch, sah sie mit schräg gestellten Lippen an und hoffte, sie würde seinen Blick erwidern. Dem war aber nicht so. Sie interessierte sich nur für ihren Bildschirm und das Formular.

„Sie erhalten noch heute die Krankenakte. Ich muss jetzt los." William drehte sich um und ging. Er hatte keine Lust weiter darauf einzugehen.

„Hey, Mister!", rief Eleanor ihm nach, während er mit großen Schritten aus dem Hospital eilte.

-

Am folgenden Nachmittag, an dem über Georgia die Sonne wie ein glühender Feuerball brannte, kam William zurück und stattete Emily einen Besuch ab.

Der Geruch nach Desinfektionsmitteln kam ihm entgegen. Das Zimmer war klein. Sie hatten Emily in ein Einzelzimmer gelegt, an einen Tropf und ein EKG angeschlossen und beide Handgelenke mit einem sauberen Verband umwickelt. Das Mädchen war blass und hatte die Augen ein wenig geöffnet. Argwöhnisch verfolgte sie seine Bewegungen.

„Du hast es wirklich durchgezogen. Damit habe ich

nicht gerechnet", sagte er zurückhaltend.

„Ich bin kein Scheißhaufen", entgegnete sie kraftlos.

Er nickte gutmütig.

„Sind wir jetzt quitt?"

„Ja", brummte er und strich sich durch den verwahrlosten Bart.

„Warst du das? Hast du mich zurückgeholt?" Jedes einzelne Wort strengte sie an. Ihre Lippen schienen blutleer zu sein, hatten die kräftige Farbe verloren und waren eingetrocknet.

„Ich habe dich gefunden." Geistesabwesend kaute er auf seinen Lippen.

„Arschloch. Warum hast du das gemacht?"

„Hör mir zu, Emily. Vergiss, was ich gesagt habe. Ich war verdammt wütend und dann hat eins das andere ergeben. Es tut mir leid und ich kann mich nur entschuldigen."

„Steck dir deine Entschuldigung sonst wo hin."

„Du bist eine erstaunliche Kämpferin. Lass mich dir helfen." Er strich sich über den Bart.

Derartige Worte wollte sie gewiss nicht hören. Dieser Typ hatte ihr Leben ruiniert. Zumindest hatte alles mit ihm begonnen. Weder vertraute sie ihm, noch brauchte sie seine schlauen Ratschläge. Aber eine Sache stand nach der Aktion in der Badewanne fest: Sie würde sich nicht mehr dem Leben entziehen wollen.

In sich gekehrt wischte sie sich über einen Oberschenkel, schwieg eine Weile und sah ihm in die Augen, die unter den buschigen Brauen erschöpft aussahen.

„Diesmal hätte es funktioniert, nicht wahr?", fragte sie leise.

„Sicherlich", bestätigte er kleinlaut. „Sag mal, wissen deine Angehörigen, wo du steckst?"

„Was geht dich das an?"

„Ich wollte nur nett sein."

„Lass das bleiben", sagte sie und überlegte kurz. „Allerdings ist es, wie du gesagt hast: Nicht einmal meine eigene Familie will mich sehen."

„Hm", grummelte er, schob seine Hände in die Hosentaschen und lief zum Fenster, warf einen Blick hinaus und kam zurück. „Ich habe einen Vorschlag anzubieten."

„Und, das wäre?"

„Ich kümmere mich um dich, bis du wieder auf den Beinen bist." Fragend und irgendwie hoffnungsvoll sah er ihr in die Augen.

„Willst du dein Gewissen erleichtern, alter Mann? Dafür stehe ich nämlich nicht zur Verfügung."

„Überleg es dir. Ich versichere dir, dass es dir gut gehen wird."

-

„Guten Tag, Miss", sagte ein Typ im schlecht sitzenden Anzug zu Emily. Sie saß auf ihrem Bett, William war im Haus unterwegs. Wahrscheinlich holte er sich einen Kaffee, denn er wollte zurückkommen und sich nach ihrer Entscheidung erkundigen.

„Kann ich Ihnen ein paar Fragen stellen?"

„Wer sind Sie und worum geht es?"

„Ich bin Albert Stewart, Anwalt im Auftrag der ärztlichen Ermittlungsbehörde. Ich würde gerne über ihren Suizidversuch reden und herausfinden, wo die beste psychologische Station für Ihren Fall ist."

„Ich brauche keinen Psychodoc. Verschwinden

Sie."

William kam in das Zimmer. Wie vermutet hielt er einen Kaffeebecher in der Hand.

„Ich habe nur ein paar einfache Fragen." Stewart sah zu William herüber, stockte und sprach ihn an: „Sagen Sie, sind Sie nicht Doktor William Thompson?"

William nickte.

Stewart wedelte mit dem Zeigefinger und kniff ein Auge zusammen. „Ich kenne Sie irgendwo her. Sagen Sie, wo haben wir uns schon mal gesehen?"

„Keine Ahnung, ich kenne Sie nicht", sagte William trocken und trank einen Schluck aus dem Becher.

„Ich komme noch darauf", grübelnd drehte sich Stewart zu Emily, dann wieder zu ihm zurück. „Wie lange behandeln Sie Miss Jensen bereits?"

„Ich kenne die Patientin seit gestern. Durch den bedauerlichen Zwischenfall hatten wir noch nicht einmal die Gelegenheit für unsere erste Sitzung. Wieso fragen Sie?" William kratzte sich am Bart und nippte wieder am Kaffee.

„Es sieht folgendermaßen aus", sagte Stewart und bezog mit seinen Blicken Emily in das Gespräch ein. „Miss Jensen, sie besitzen keine Krankenversicherung und das Rehabilitationscenter Middle Georgia lehnt jede weitere Behandlung ab."

„Die Spedition kommt für alle anfallenden Kosten auf. So steht es in den Unterlagen", mischte sich William ein, breitete die Hände aus und sah abwechselnd von Stewart zu Emily.

„Eine Behandlung, die aufgrund eines Suizides erfolgt, wird von Southland Drive nicht legitimiert." Stewart trat an das Bett von Emily und kam ihr sehr nahe. „Waren Sie schon einmal in Portugal?"

Ein Cop kam herein, eilte zielgerichtet zu Stewart, reichte ihm ein paar Zettel und flüsterte ihm mit Blick zu William etwas ins Ohr. Stewart nickte ihm zu und der Cop verschwand rasch.

„Nein", sagte Emily entrüstet. „Was sollte ich in Portugal?"

„Das dachte ich mir schon. Ich denke, dass an diesem Fall mehr dran ist. Miss Jensen, erzählen Sie mir alles, was zu dem versuchten Suizid geführt haben könnte. Denn, wenn wir beweisen können, dass Sie keine Schuld träg, sieht Ihre finanzielle Situation deutlich besser aus."

„Es war ein Selbstmordversuch", mischte sich William ein.

„Ich glaube nicht an diese Version. Wir haben eine verdächtige Rasierklinge gefunden." Stewart blätterte durch die Unterlagen.

William hustete. „Was soll daran verdächtig sein? Eine Rasierklinge gibt es an jeder Ecke."

„Nicht ganz. Zumindest nicht diese besondere Sorte. Normalerweise wäre der Tatort eindeutig. Aber einige Puzzleteilchen passen nicht zusammen und ein Freund von der Mordkommission bat mich, ein Auge auf diesen Fall zu werfen. Nun, was soll ich sagen, es gibt Ungereimtheiten, die wir gemeinsam klären müssen." Er sah Emily an. „Warum haben Sie sich beide Pulsadern aufgeschnitten? Üblicherweise hören die Personen nach dem ersten Schnitt auf. Vielleicht haben Sie ja einen extrem starken Willen, um so etwas durchziehen zu können, ..." Er sah wieder zu William und sprach weiter: „... oder es war ein Mordversuch und jemand anderes hat seine Hand im Spiel? Denn ich denke, jemand, der einen derart ausgeprägten Charakter besitzt, wäre nicht in der Verfassung sich selbst umbringen zu wollen, oder Mister Thompson? Das schließt sich doch gegenseitig aus. Jedenfalls hat mich diese Tatsache neugierig gemacht. Deswegen habe ich meine Mithilfe zugesagt und bereits ein wenig recherchiert. Und das vorläufige Ergebnis ist überaus beeindruckend. Ich habe herausgefunden, dass diese spezielle Marke der Rasierklinge das letzte Mal vor zweiundvierzig Jahren in Portugal hergestellt wurde. Stammen Sie nicht zufällig aus dieser Gegend?" Stewart grinste William an. „Jetzt erinnere ich mich. Ich weiß wieder, wo wir uns das letzte Mal begegnet sind, Doktor Thompson. Denn wir hatten schon einmal das Vergnügen. Hätten Sie etwas dagegen, wenn wir Ihnen ganz unverbindlich einen Besuch zu Hause abstatten? Nicht offiziell, nur ein nettes Gespräch und einen Kaffee unter alten Bekannten."

William kniff die Augen zusammen. Er konnte sich offenbar nicht an diese makabre Bekanntschaft erinnern. „Wenn Sie wollen, ich habe nichts zu verbergen. Kommen Sie mit." Er spürte seine Halsschlagader pulsieren. „Sie wissen schon, dass ich Miss Jensen gefunden und gerettet habe?"

Stewart nickte. „Es freut mich, dass Sie kooperativ sind." Er schlug William leicht gegen den Oberarm. „Können wir sofort aufbrechen?"

„Was ist mit der Klinge", warf Emily ein.

„Nun, wenn sie von ihm stammt, dann ...", sagte Stewart.

„Er hat nichts mit der Sache zu tun", krächzte Emily. „Sie stammt von einem Kerl aus dem Club. Fünfundzwanzig, Glatze, Lederjacke und jede Menge Tattoos. Ich weiß nicht, was Sie wollen, aber ich habe mir die Tabletten und die Klinge selbst besorgt und es aus freien Stücken durchgezogen. Was soll William, ... ich meine der Doc damit zu tun haben?"

„Sind Sie sich im Klaren darüber, was Sie da sagen, Miss Jensen? Falls Sie bei Ihrer Aussage bleiben, kann ich nichts mehr für Sie tun und Sie müssen noch heute das Krankenhaus ohne Behandlung verlassen." Selbstsicher hielt Stewart mit ihr Augenkontakt. „Denken Sie darüber nach. Durch Ihren Unfall auf der Madison Street ist der Fall breit durch die Medien gegangen. Die Öffentlichkeit schaut auf Sie, und wird früher oder später auch von den neuesten Ereignissen erfahren. Im Hinblick auf die starke Öffentlichkeit bin ich in der Lage, Ihnen zu helfen. Sie können Ihr Leben zurückbekommen. Sollten Sie allerdings auf Ihrer - nun, ich nenne es mal verwirrten Auffassung bestehen, gibt es weder eine Nachuntersuchung noch eine Physiotherapie oder einen Seelsorger und auch keinen Rollstuhl. Dann ist der Fall abgeschlossen und erledigt. Sie werden auf dem Boden herumrutschen müssen, weil Sie nicht imstande sind, eine lausige Krücke zu bezahlen, ganz zu schweigen von den barrierefreien Umbauten bei sich zu Hause. Sie müssen alles aus eigener Tasche finanzieren und werden ohne fremde Hilfe nicht lebensfähig sein. Wollen Sie das wirklich?"

Emilys Gedanken ratterten, wie das Getriebe einer viel zu schnellen Lok auf ausgedienten Gleisen im Nirgendwo, wenn der Lokführer nicht aufhören wollte, Kohlen nachzulegen.

„Sie brauchen nur mit dem Kopf zu nicken. Alles Weitere übernehme ich."

Sie blickte zu William, dann zum Arzt und wieder zu Stewart. Der wartete wie eingefroren auf ihre Antwort. „Denken Sie an die vielen unbezahlten Rechnungen, Miss Jensen." Stewart grinste siegessicher und verschränkte die Arme.

„Wer würde in dem Fall die Rechnungen übernehmen?", fragte Emily unsicher.

„Das Land, die Spedition, die Presse, Bürgerinitiativen und natürlich der oder die Verbrecher. Ich mache Sie berühmt, Miss Jensen. Sie werden in Talkshows mit Tränen in den Augen von Ihrem tragischen Schicksal erzählen und die Menschen werden Ihnen an den Lippen kleben und ihre Brieftaschen weit öffnen. Glauben Sie mir, da kommt so viel Geld zusammen, dass Sie nie wieder in Ihrem Leben arbeiten müssen. Aus einer schmerzlichen Lage, Profit zu schlagen, funktioniert jedes Mal. Und plötzlich sieht die Welt gar nicht mehr so düster aus. Ich weiß, wie die Zahnrädchen funktionieren. Vertrauen Sie mir und zeigen jetzt auf den Täter."

Sie schwieg. William kaute auf seiner Unterlippe.

„War es William Thompson? Wollte er Sie umbringen? Hat er etwas damit zu tun? Das wäre jedenfalls nicht sein erstes Mal, Miss Jensen. Sagen Sie es mir. War es dieser Mann?" Mit durchgestrecktem Arm zeigte Stewart auf William und hielt mit Emily Blickkontakt.

Das konnte sie ihm nicht antun. Sie hatte ihn schon einmal im Stich gelassen. Energisch schüttelte sie den Kopf. „Ich hatte das Leben satt, ohne Beine und ohne Hoffnung. Ja, ich habe aufgegeben und ja, ich habe es aus freien Stücken getan. Ich allein und niemand sonst trägt eine Schuld."

Stewart verlor die stählerne Siegespose und seine Nasenflügel weiteten sich. Er atmete hörbar ein und trat etwas zurück. „Gut!", sagte er und sammelte sich kurz. „Ganz, wie Sie meinen." Er schnippte eine Visitenkarte auf das Bett. „Falls Sie mir doch etwas erzählen wollen. Und jetzt entschuldigen Sie bitte die Störung, Miss Jensen." William nickte er zu. „Schönen Tag noch, Mister. Wir werden uns wiedersehen."

Mit leisem Klacken fiel die Tür ins Schloss. Ruhe kehrte ein. Die beiden sahen sich gegenseitig schweigend an. William musste sich setzen. Er streifte mit beiden Händen gleichzeitig über seine Cordhose.

„Hätte ich es ...", „Ich nehme ...", sagten beide gleichzeitig und stockten wieder.

William zeigte mit der flachen Hand zu ihr. „Du zuerst."

„Nein du."

Scheu blickte er auf den Boden, wischte sich nochmals über die Hosenbeine und sagte: „Ich wollte dir vorschlagen, ..." Er hob seinen Kopf. „Wenn du willst, nehme ich dich mit zu mir nach Hause. Dort hast du die besten Chancen gesund zu werden." Er zog eine Augenbraue hoch. „Was hältst du davon?"

„Bestimmt wäre es vernünftiger gewesen, dich zu verpfeifen, nicht wahr?", sagte sie stattdessen.

„Vermutlich, dann hättest du ausgesorgt. Warum hast du es nicht getan?"

Sie zuckte mit den Schultern. „Weil ich zu bescheuert bin und nichts im Leben auf die Reihe kriege?"

William stützte sich mit den Ellenbogen auf seinen Knien ab. Er sah erschöpft aus, die Falten unter den Augen wirkten tiefer und die Haut war fahl und alt. Sie begann zu lächeln.

„Einverstanden, William. Ich komme mit zu dir. Ich hoffe, du kannst gut kochen. Ich habe einen Mordshunger."

Essen

Schaukelnd kam der alte Mustang in der Franklin Street vor dem verwahrlosten Haus zum Stehen. William öffnete die Wagentür, die es mit lang gezogenem Quietschen quittierte. Er stieg aus, ging um das Auto herum, machte die Beifahrertür auf und stemmte Emily keuchend hoch. Der Tür gab er einen Tritt, dann schleppte er das Mädchen über die kaputten zugewachsenen Gehwegplatten bis zum Haus. Er setzte Emily auf einen betagten Schaukelstuhl, stöhnte und reckte sich mit der Hand im Kreuz. Am Türschloss brauchte er eine Weile, bis er das Schlüsselloch fand, dann öffnete er die Tür und sah zu Emily. „Ich werde einen Rollstuhl besorgen müssen. So, aber jetzt erstmal rein in die gute Stube."

Wieder stöhnte William, als er Emily hochstemmte, er suchte einen sicheren Stand und balancierte bis zur Couch, ließ sie herunter und setzte sich erschöpft in den Sessel daneben. Schnaufend wischte er sich über die Stirn. „Ich muss endlich wieder Sport treiben."

Emily zerrte an ihren Beinen, um sie auf den Couchtisch zu legen. Er bemerkte ihre kläglichen Versuche, half ihr und danach lehnten sich beide entspannt zurück. Sie legte die Hände hinter den Kopf und starrte zur altbekannten Schrankwand mit den sporadisch verteilten Büchern. „Was treibst du die ganze Zeit ohne Fernseher?"

Stöhnend erhob sich William, wobei er sich auf den Sessellehnen abstützte, und legte ein Kissen von der Couch unter Emilys Füße.

„Ein Fernseher kommt mir nicht ins Haus. Hast du Hunger?"

Sie ging nicht auf seine Frage ein. „Aber es ist total langweilig ohne Fernseher. Hast du einen Computer und Internet?"

Er schüttelte den Kopf. „Ich habe Bücher."

„Kein Internet, Alter? Das hättest du mir vorher sagen müssen. Vielleicht sollte ich doch diesen Anwalt anrufen."

William verzog den Mund. „Ich brauche kein Internet. Also, was isst du am liebsten?"

„Kommst du aus der Steinzeit, oder was? Niemand kommt heutzutage ohne Internet aus. Die Hälfte aller Jobs gibt es erst deswegen."

„Ich habe eine E-Mail Adresse, wenn du das meinst. Und wenn ich etwas nachsehen will, gehe ich in die Stadtbücherei. Dort komme ich jederzeit an einen Computer."

„Hamburger, Pommes, Apfelkuchen, Steak, Pizza", zählte Emily auf, und er brauchte einen Moment, um ihre Antwort zuzuordnen.

„Ah", sagte er. „Ich bestelle uns eine Pizza."

„Mach das. Dazu Spaghetti mit Rinderhack und Barbecuesauce", sagte sie und er nickte.

„Außerdem Buffalo Wings oder ein gepfeffertes Salisbury Steak. Zum Nachtisch nehme ich Angel Cake mit Eiscreme und eine große Portion Ambrosia Salad." Emily überlegte, ob sie etwas vergessen hatte.

Er schob eine Augenbraue hoch. „Vermutlich übersteigt diese Menge dein eigenes Körpergewicht."

„Quatsch nicht rum. Ich habe Hunger." Auffordernd hob sie beide Hände, spannte ihren Nacken an und machte große Augen.

William schmunzelte. „Bin schon unterwegs,

Ma'am."

Es dauerte keine Minute, bis er sich auf den Weg machte.

Das Ticken der nostalgischen Standuhr neben der Treppe übernahm die Szene und ein vorüberfahrender Lastwagen war aus der Ferne zu hören. Im Haus war es still und fürchterlich dunkel. Wieso hatte er die Fensterläden geschlossen? Es war so schönes Wetter und die Sonne quälte sich durch die winzigen Spalten im Holz, warf grelle Punkte und Streifen an die Wand, die Dielen und das Bücherregal. Staub flirrte im Licht.

Sie sah sich um, sah zur Treppe, der Küche und zu den Fensterschlitzen, die in der grellen Sonne verschwammen.

Gelangweilt verschränkte Emily die Arme. Mehr, als dazusitzen und die kargen Wände anzustarren, konnte sie nicht tun. Sie kam nicht mal an ein Buch heran. Aber wahrscheinlich würde sie die Bücher selbst dann ignorieren, wenn sie laufen könnte. Bei dieser kläglichen Auswahl schien nichts Interessantes dabei zu sein.

Etwas genervt von der Langeweile, zupfte sie Fusseln von der Wolldecke und trommelte auf die Lehne und ihre Oberschenkel. Dabei verdrehte sie die Augen, blies die Wangen auf und boxte in ein Kissen. Dann warf sie es gegen die Bücherwand. Ein Bildband kippte nach vorn, rutschte halb auf die Kante und qualifizierte sich somit als neues Angriffsziel. Das folgende Kissen traf es und riss es mit sich in die Tiefe. Dabei hatte es drei weitere Bücher erwischt, die polternd auf das dunkle Parkett fielen. Mit dem letzten Kissen erwischte Emily eine kleine Vase, die den Sturz heil überstand und lustig bis zur Küchentür rollte. Auf der anderen Seite des Sofas lag noch mehr Munition. Sie richtete sich auf, zog sich herum und angelte drei Kissen. Davon landete eins vor dem Kamin, eins blieb in der Durchreiche zur Küche stecken und das dritte erledigte die komplette obere Reihe mit den Fachbüchern. Jetzt weckte das Diktiergerät auf dem Couchtisch ihr Interesse. Sie reckte sich, schob ihren Oberkörper über den Tisch und angelte sich das Teil. Diese Aktion dauerte eine ganze Weile, aber sie hatte es zu fassen bekommen und probierte es aus. Leider waren die Batterien leer und somit taugte es gerade noch als weitere Munition. Emily suchte nach einem geeigneten Ziel, sah auf die Deckenlampe, das einzige Bild neben der Treppe und zu den restlichen öden Büchern. Dann entdeckte sie eine gläserne Teekanne in der Küche. Um ihre Trefferchance zu erhöhen, nahm sie die beiden Batterien aus dem Gerät. Damit standen ihr drei Versuche zur Verfügung. Die erste Batterie schlug gegen die Jalousie der Durchreiche, polterte herunter und rollte fast wieder bis zu ihr zurück. Die zweite Batterie sauste durch die Öffnung in die Küche und Emily verlor sie aus den Augen. Immerhin klackte es zweimal und irgendetwas polterte. Somit war der Schuss keineswegs vergebens. Emily grinste, nahm das letzte Geschoss, holte weit aus und konzentrierte sich. Aufgeregt fuhr sie sich mit ihrer Zunge über die Lippen und schleuderte das Diktiergerät schwungvoll in die Küche. Diesmal schepperte es laut, dann folgten ein dumpfer Knall und ein Klirren auf dem Küchenboden. Aus Mangel an weiterer Munition war die actionreiche Szene beendet. Freudig jubelte und klatschte Emily in die Hände und hopste auf der weichen Couch wie eine glorreiche

Heldin, die wagemutig den übermächtigen Feind bezwungen hatte. Sie war die beste Schützin im Wilden Westen und niemand würde schneller ziehen, als sie.

Mit abstehendem Daumen hielt sie die Hand in Form eines Revolvers an ihren Mund und pustete kurz und kräftig über den gestreckten Zeigefinger. Dann schob sie die imaginäre Waffe in ihren ebenso wenig existierenden Holster und lehnte sich lässig mit weit ausgebreiteten Armen an die Rückenlehne. Unmittelbar darauf verließen sie das Lächeln und die Siegespose. Sie verschränkte die Arme und sah sich im Zimmer um. Die Langeweile war zurückgekehrt. Abwechselnd schlug sie die Fingerkuppen beider Hände aneinander, tippte auf das Polster und verzog den Mund. Sie spitzte die Lippen, machte verschiedene Grimassen und strich die Falten der flauschigen Wolldecke glatt. Ihr Schritt war feucht und diese Tatsache wandelte ihre Ausgeglichenheit innerhalb einer Sekunde in blankes Entsetzen. Noch einmal vergewisserte sie sich und strich ein weiteres Mal darüber. Ihre Fingerkuppen fühlten sich etwas feucht an. Sie hatte ihre Menstruation und nichts davon bemerkt.

„Scheiße!", rief sie fluchend in den kargen Raum. Das Badezimmer war oben. Da würde sie in fünf Stunden nicht angekommen sein. Allerdings war die Küche eine Option.

„Also los", motivierte sie sich selbst und stöhnte leise. Zuerst hievte sie ihre Beine vom Tisch auf die Couch, dann auf das Parkett und ließ sich herunter gleiten. Auf dem Bauch liegend, robbte sie zur Küche, machte eine Reihe von Pausen, stieß sich von den Möbeln ab, fluchte und stöhnte unablässig.

Immerhin kam sie voran und landete auf den kühlen Fliesen der Küche. Aus dieser Perspektive sahen die Küchenmöbel sehr hoch aus, dafür konnte Emily die schmutzigen Ecken, und was unter den Küchenschränken längst vergessen und teils vergammelt war, sehen. Zunächst diente der Küchenboden als Ruheort, ihr Bett und Kopfkissen. Mit der Wange auf den Fliesen und mit geschlossenen Augen döste sie, die Atmung wurde langsam und gleichmäßig und die Träume begannen zwischen Wachsein und Schlaf den klaren Verstand zu manipulieren. Es knackte im Haus. Ihre Augen sprangen auf, und sie sah zum Durchgang ins Wohnzimmer.

„William?", rief sie vorsichtig.

Es blieb still.

„William, bist du hier?", rief sie nochmals und lauschte konzentriert. Das Geräusch kam nicht zurück. Sie zog sich am Küchenschrank hoch und sah zur Spüle hinauf. Doch so funktionierte das nicht. Jetzt brauchte sie einen Plan.

Die Haustür klapperte.

„Emily?", rief William mit seiner tiefen, gleichmütigen Stimme.

„Hier, in der Küche." Vor ihr lagen zerbrochene Teller und Gläser. Dazwischen eine Batterie, das Diktiergerät und Scherben der zerstörten Kaffeekanne.

„Ich habe eine Überraschung mitgebracht", sagte er fröhlich, wobei seine Worte leiser und schwungloser wurden. Trocken fügte er hinzu: „Was ist denn hier passiert?" Er kam um die Ecke und starrte auf Emily und das Chaos in der Küche. In den Händen hielt er mehrere prall gefüllte Plastiktüten mit seinen Einkäufen.

„Wurden wir überfallen?"

„Nein", sagte sie mit tiefer Stimme und wirkte überzeugend. „Nur von Bloody Mary."

„Wer ist das?" William sah ängstlich zum Wohnzimmer zurück.

„Ich hab die Bad Panty Day`s."

Er zuckte mit den Schultern.

„Mann! Meine Erdbeerwoche, rote Lounge, Mens. Verstehst du? Das Frauending."

„Du hast deine Tage? Das ist ausgezeichnet."

„Was soll daran ausgezeichnet sein? Ich habe wahrscheinlich dein Sofa versaut." Sie verlor ihr Lächeln. „Warte. Du stehst auf sowas? Das ist eklig, Alter!"

„Nein, ich stehe überhaupt nicht darauf. Aber es bedeutet, dass dort unten alles in Ordnung ist. Du wirst Kinder bekommen können."

Seine Worte projizierten sofort Bilder in ihre Vorstellung, wie sie ein Baby in einem winzigen Rollstuhl bekommen würde. Sie blickte auf, grinste und stellte sich vor, wie die Hebamme abfällig sagte: *Habe ich doch gleich gesagt. Wieso glaubt mir denn niemand?*

„Ich werde keine Kinder bekommen. Ich kann mir ja nicht mal selbst helfen", sagte sie überaus bekümmert.

„Das wird schon. Ich bringe dich erstmal ins Bad." Er hob sie hoch, stöhnte und brauchte etwas Zeit, bis er stabil auf den Füßen stand. Im Wohnzimmer zeigte er auf einen überaus alten Rollstuhl, dessen beiges Metallgestell vom Rost befallen war. Die Sitzfläche mit seinem ausgefransten Korbgeflecht, die hölzernen Armlehnen und ein einzelnes kleines Rad in der Mitte am hinteren Ende vollendeten den traurigen Anblick. Das Ding war verstaubt, schmutzig und heruntergekommen. „Den habe ich bei Ramons bekommen. Ich werde ihn etwas aufpolieren. So bist du mobil." Er grinste stolz.

„Ich soll mich in diesen Mülleimer setzen? Was ist mit einem komfortablen Lederstuhl mit Motor und Computer?"

„Für den Anfang wird es der alte Stuhl tun. Jetzt bringe ich dich erstmal nach oben", sagte William, wuchtete sie die Treppe hoch und setzte sie im Badezimmer auf der Toilette ab. Er half ihr beim Ausziehen, legte ihre Jacke und die Jeans ordentlich gefaltet übereinander und fragte: „Soll ich dich waschen?"

„Das hättest du wohl gern. Vergiss es."

„Schon gut. Das war nur ein Angebot. Am besten setze ich dich in die Wanne. Wäre das okay?"

„Geht klar."

Er setzte sie in die Wanne und holte die Seife und einen Lappen aus dem Wandschrank. „Wir müssen uns um deine Fitness und den verspannten Rücken kümmern. Ich massiere dich, wenn du hier fertig bist."

Sie winkte ab. „Ich habe keine Probleme."

„Laut Befund hast du eine Plegie mit der Läsionshöhe im Kreuzbereich."

„Wenn es sein muss." Gelangweilt spielte sie mit dem Wasserhahn am Waschbecken.

„Ja, Mädchen, das ist wichtig."

„Dreh dich um. Ich zieh mich aus", sagte Emily und zog an ihrem Slip. Sie wippte umher und fauchte. „Der Scheiß geht nicht. Dazu braucht man zehn Hände, verdammt", schrie sie mit zusammengepressten Zähnen.

„Nicht fluchen", sagte er mit dem Rücken zu ihr.

„Du kannst mich mal. Ich fluche, wann ich will. Und jetzt ist mir danach, verdammte blöde Dreckscheiße. Hilf mir gefälligst."

Der Slip war halb heruntergezogen und sie sah über ihre Schulter zurück. Er sah wirklich nicht hin und sie stieß einen tiefen Seufzer aus.

„Darf ich mich umdrehen", fragte William und sie bestätigte es grummelnd.

„Halte dich an meinem Nacken fest und zieh dich etwas hoch."

Emily stöhnte und ertrug ihr Leid.

Der Slip landete auf dem Boden und William griff unter ihre Kniegelenke und hinter den Rücken. Dann prüfte er die Wassertemperatur und gab ihr den Duschkopf in die Hand. „Kommst du alleine zurecht?"

„Ja", sagte sie patzig. Ihr passte es überhaupt nicht, auf ihn angewiesen zu sein. Das war so demütigend.

„Gut. Ich bringe dir ein Handtuch." William nahm den rot verfärbten Slip und sagte: „Gib mir dein Shirt. Ich wasche es mit durch."

„Du willst doch nur meine Möpse sehen."

Er drehte sich von ihr weg und hielt die Hand nach hinten. „Entschuldige bitte, aber ich habe schon deutlich mehr von dir gesehen. Jetzt gib mir das Ding."

Kurz darauf drückte sie ihm das Shirt in die Hand und er verließ das Bad.

Genüsslich hielt Emily den warmen Brausestrahl über ihr Gesicht und genoss das fließende Wasser. Eine rote Spur bildete sich unter ihr, lief zum Abfluss und verschwand darin. Emily betrachtete, wie sich das Blut in feinen Adern mit dem Wasser vermischte und in Schlängellinien einen immer neuen Weg suchte, wie eine ungeduldige Schlange.

Die Seife duftete nach Irish Moos. Emily roch daran und der Geruch von Frische und Freiheit verwandelte sich in den eines brackigen Hafenbeckens mit toten Muscheln und faulenden Tang. Angewidert begann sie sich einzuseifen und abzurubbeln.

Nach und nach bildete sich Dunst in dem kleinen Bad, der ihre Stimmung änderte und grauenvolle Bilder in ihren Verstand schickte. Die Bilder waren albtraumhaft, furchteinflößend und schrecklich. Emily fühlte sich eingeengt und fürchterlich verlassen. Sie fröstelte und bekam schwer Luft. Ihr Körper schmerzte und sie spürte jeden einzelnen Knochen, die Muskeln und ihr Fleisch, als wäre sie geschlagen worden, wie eine junge Katze aus einem Wurf, die niemand haben wollte. Ängstlich umarmte sie sich selbst, tröstete sich und schloss die Augen, um zu vergessen und dem Martyrium zu entfliehen.

Von draußen hörte sie den Wind durch die Bäume treiben. Das Wäldchen hinter dem Haus war in Bewegung und vertrieb ein wenig ihren Schmerz. Das Blut war abgeflossen. Ansprechender Schaum bedeckte ihre Beine und der Duft nach einer würzigen Brise und den Weiten des Meeres kamen in das Badezimmer zurück.

Emily entdeckte einen Nassrasierer auf dem Waschbecken, reckte sich und fischte ihn herunter. Mit dem Zeigefinger strich sie seitlich über die scharfe Klinge und betrachtete sie gedankenversunken. Dann sah sie auf, zog das kleine Schubfach unter dem Waschbecken auf und wühlte darin herum. Weil sie zu tief saß, tastete sie sich durch die Tuben und Medizinschachteln, fand eine Nagelschere und eine winzige Packung. Was sie nicht erfühlen konnte, nahm sie heraus und sah es sich an. Die altertümliche Pappschachtel besaß einen verzierten Aufdruck mit einem Löwenkopf. Darin befanden sich über zehn Rasierklingen der Marke Leões lâmina. Eine davon nahm sie heraus und hielt sie gegen das Licht des Fensters. Das Symbol mit dem Löwenkopf kannte sie gut. Sie hatte es vermutlich eine halbe Stunde lang angestarrt, bevor sie damit ihr Fleisch zerschnitten hatte. Die Erinnerung war heftig und sie spürte erneut die Schnitte und wie sie im kalten Wasser müde wurde und die Welt zu vergessen begann. Inzwischen waren die Wunden verheilt und nur noch als Narben sichtbar. Sie drehte die Klinge einige Male.

-

Etwa vierzig Minuten später schrie Emily wie abgestochen nach William. Das half, um ihn zügig zu ihr zu holen. Er trocknete ihren Rücken ab, wartete, bis sie fertig war, gab ihr eine Packung Tampons, half beim Anziehen und trug sie über die Treppe bis zur Couch.

Herrlicher Duft nach leckerem Hähnchen und Currysoße lag in der Luft. Der Couchtisch war übervoll mit Essen in Schachteln, auf Papptellern und Schälchen.

William hatte ihr ein viel zu großes Shirt von sich gegeben, seine Strümpfe – mit denen sie wie ein Schlumpf aussah – und ein großes Badetuch mit wirrem Linienmuster, das sie als Rock um die Taille gebunden hatte. Darüber trug sie seinen grauen Bademantel. Er rubbelte ihre Haare trocken und sie stieß ihn von sich. „Bist du jetzt meine Mom?" Sie riss ihm das Handtuch aus der Hand und trocknete sich selbst die Haare.

Zur Verteidigung hob er beide Hände, hielt aber

den Mund.

Die Unordnung im Wohnzimmer und in der Küche war inzwischen aufgeräumt.

Sie legte das Handtuch beiseite und nahm sich ein Chickenwing, tauchte es in irgendeinen Dip und genoss den ersten Bissen. Danach aß sie abwechselnd von den scharfen Laugenstangen, den Spaghetti und dem zarten Angel Cake, stopfte sich mit Kohlsalat voll und schien nicht satt zu werden. Sie zeigte auf das Essen, an das sie nicht herankam und gab ihm Anweisungen, was er ihr als Nächstes reichen musste. Bereitwillig folgte er ihren Befehlen und nahm sich selbst nur wenig von den Leckereien.

Am Ende lehnte sie sich zufrieden zurück, hielt sich den Bauch und rülpste kräftig. „Ich habe schon lange nicht mehr so gut gegessen", sagte sie zufrieden und grinste einseitig.

Auch er wirkte glücklich. „Dann folgt jetzt Ihre Rückenmassage, Ma'am."

Emily ließ sich auf den Bauch drehen und genoss seine festen Hände auf ihren Schultern.

„Ab morgen wirst du dir das Essen verdienen müssen", sagte er.

Sie drehte den Kopf zur Seite. „Siehst du nicht, dass ich behindert bin? Ich kann nicht arbeiten."

„Oh doch, junge Dame. Du wirst deine Übungen machen. Jeden Tag zwei Stunden. Über den Tag kannst du dir die Zeit selbst einteilen."

„Wieso? Ich brauche das nicht."

„Ich zeige dir ein paar Übungen, die du ohne fremde Hilfe machen kannst. Vor dem Wäldchen gibt es ein paar geeignete Geräte, an denen wir zusammen trainieren werden." Er sprach besonnen und massierte ausgiebig ihre Muskeln.

„Ich habe morgen in der Stadt zu tun. Da könnte ich ein paar persönliche Dinge von dir holen."

„Vergiss es. Da gibt es nichts. Ich war seit einem Monat nicht im Haus. Die haben inzwischen alles untereinander aufgeteilt. Sind wie gierige Hyänen."

William brummte. „Wer sollte so etwas machen?"

„Nachbarn und Freunde."

„Na, du hast ja tolle Freunde", sagte er. „Allerdings brauchst du etwas zum Anziehen." Er stockte kurz, sein Blick hellte sich auf und er ergänzte: „Weißt du was? Wir gehen morgen in die City, einkaufen."

Emily stützte sich einseitig auf und sah ihn verstimmt an. „Ich gehe auf keinen Fall raus. Was ist, wenn die Leute mich sehen? Außerdem sieht deine Bude danach aus, als ob du nicht besonders viel Kohle hast."

William hörte zu massieren auf und lehnte sich zurück. „Gefällt es dir nicht bei mir?"

Energisch schüttelte sie den Kopf. „Kein bisschen. Die Bude wirkt unfertig. Als ob du erst gestern eingezogen bist und noch nicht die ganzen Möbel aufgestellt hast. Es ist total leer. Und warum ist es immer dunkel bei dir? Du hast die Fenster zugenagelt. Verträgst du kein Licht, alter Mann?"

„Er strich sich durch den Bart. Mir gefällt es, wie es ist. Außerdem mag ich die schlichte Ordnung."

„Damit hast du es aber ziemlich übertrieben, oder?"

Wieder brummte er und zuckte mit den Schultern. „Die Fenster mache ich nicht auf, weil ich normalerweise den ganzen Tag unterwegs bin und sie abends ohnehin wieder schließen muss."

Emily legte sich bequem hin. „Du bist mir ein komischer Vogel. Kannst du mir wenigstens einen

Fernseher besorgen? Ich sterbe vor Langeweile."

„Ein Fernseher kommt mir nicht ins Haus. Darüber gibt es keine Diskussion."

„Dann sage mir, was ich den ganzen Tag tun soll?" Genervt erhob sie die Stimme.

„Jedenfalls wirst du nicht vor dem Fernseher verblöden und fett dabei werden." Bereitwillig massierte er ihre Füße.

„Das ist dein letztes Wort?" So gut es möglich war, sah sie zu ihm nach unten.

„Absolut."

„Arschloch." Beleidigt ließ sie ihr Gesicht in das Kissen fallen.

„Miese Bude. Du gönnst mir keinen Spaß."

Er legte ihre Beine aneinander und bedeckte sie mit einer dünnen Wolldecke. „Danke übrigens", sagte er leise.

„Wofür?", entgegnete sie dumpf in das Kissen hinein.

„Du hättest mich diesem Stewart ausliefern können."

Schwerfällig drehte sie sich um und sah zu, wie er an ihrer Decke herumzupfte.

Niemand sagte etwas.

Emily stimmte das nachdenklich und William bewegte die Lippen hin und her, wobei die Barthärchen an seiner Unterlippe kerzengerade nach vorne wegstanden.

Schuld

In der Nacht hatte sich Nebel über die Wiese gelegt und dicke Tautropfen gebracht. Noch hielten die hohen Laubbäume die wärmende Morgensonne von dem idyllischen Platz fern, der etwa vierhundert Meter hinter dem Haus entfernt lag.

„Ich kann das nicht." Nur Emilys verzweifelte Stimme zerschnitt die lauschige Ruhe und mischte sich zu den Gesängen der Vögel.

William ließ sich nicht davon beeindrucken und schob gelassen ihren Rollstuhl. Er gähnte einige Male.

„Binde mich los, verdammter Mistkerl", schimpfte sie. Ihre Handgelenke waren mit dem plüschigen Gürtel seines Bademantels umschlungen, der ihre Arme an den Rollstuhl fixierte. Sie zappelte und schrie aus voller Kehle, rüttelte und zerrte mit aller Kraft an den Fesseln, bis der Rollstuhl kippelte und in der nächsten Furche umfiel. William konnte den Sturz nur noch abfedern.

„Binde mich los." Wieder hallte ihr spitzer Schrei über die Wiese und das Wäldchen.

„Wenn du nicht augenblicklich die Klappe hältst, klebe ich dir den Mund zu", sagte er mit tiefer Stimme, ging in die Hocke, griff nach dem Gestell und wuchtete den Rollstuhl zusammen mit ihr auf die Räder. Schweigend schob er Emily bis zu dem sandigen Platz am Wäldchen.

„Willst du mit deinen Übungen anfangen?"

„Spinnst du? Das bringt doch niemandem etwas. Binde mich gefälligst los. Ich hasse dich und diesen ätzenden Rollstuhl. Das Ding ist so peinlich", schrie sie und fauchte.

„Ein Grund mehr, sich anzustrengen. Wenn du brav bist, bekommst du einen Neuen. Und wenn wir Glück haben, kannst du in ein paar Monaten oder im kommenden Jahr wieder laufen." Nach wie vor wirkte William gelassen.

„Ich will ins Bett. Es ist zu früh." Emilys Haare standen zerzaust zu allen Seiten ab. Der übergroße Pullover war von einer Schulter gerutscht und ein Ärmel bedeckte die Hand. Auf der anderen Seite war der Stoff bis zum Ellenbogen hochgerutscht.

William band sie los. „Bitte, wenn du unbedingt zurück willst, dann tue es." Er zeigte zum Haus.

Es war kalt und sie zerrte den Ärmel herunter, raffte den Pullover am Bauch zusammen und wärmte sich, indem sie sich selbst umklammerte. Plötzlich riss sie die Augen auf, schrie aus voller Kehle und zappelte wie am Spieß.

„Jetzt beruhige dich endlich und lass uns anfangen. Ich habe nicht den ganzen Tag Zeit und muss gleich zur Arbeit."

„Ein Krabbelvieh", brüllte sie panisch. „Mach das weg!" Sie zeigte auf ihr Bein und stieß erneut einen grellen Schrei aus.

William rieb sich die Augen und brummte: „Wenn du endlich aufhörst zu zappeln, kann ich dir helfen."

Augenblicklich hielt Emily still. Sie fixierte den Käfer oder was das auch immer auf ihrer Hose war, und atmete hektisch. Sie wisperte: „Mach schnell. Ich glaube, das Ding will in den Schuh krabbeln."

William wischte den Käfer beiseite. „Hast du noch ein Problem?"

„Ich habe Hunger", sagte sie zickig und richtete ihre Kleidung. Ihre übertrieben schnippische Art, ihr Tonfall, die Betonung und wie sie das Wort Hunger in die Länge zog, entlockte William ein leichtes Schmunzeln.

Emily feindete ihn mit scharfem Blick an und sagte annähernd in derselben Tonlage: „Was gibt es da so blöd zu grinsen?"

Seine Mundwinkel schoben sich weiter in die Breite und die Augen wurden schmal.

„Was?", schrie ihn Emily geladen an.

„Man könnte meinen, du bist eine kleine verwöhnte Prinzessin. Dir fehlt noch ein Kleid in Pink, vielleicht ein Plüschteddy und Schleifchen im Haar. Dann kannst du wütend aufstampfen, um deinen Willen durchzusetzen."

„Du hast eine blühende Fantasie, alter Mann, aber ich trage gewiss kein Pink. Und selbst wenn ich laufen könnte, werde ich niemals aufstampfen wie ein kleines Mädchen. Ich poliere dir höchstens die Visage, wenn ich wieder ran komme. Das kannst du aber wissen", schimpfte sie und schnaufte.

Lässig verschränkte er die Arme. „Dann habe ich ja großes Glück, dass du nicht auf die Beine kommen willst." Wieder grinste er breit.

„Das werden wir sehen. Wann bekomme ich Essen?"

„Erst die Arbeit, ..." William brauchte den Satz nicht zu beenden. Sie griff an das Reck und zog sich hoch. Er half ihr dabei und sie stützte sich auf. Die Muskeln konnten ihr Gewicht nicht tragen, sie sank herunter, William fing sie ab und somit landete sie wieder im Rollstuhl.

„Mach weiter so, das wird schon", machte er ihr

Mut.

„Nichts wird."

„Versuche es."

„Ich habe Hunger. So kann ich nicht trainieren."

„Bleibt es heute Nachmittag beim Shoppen, Prinzessin? Ich komme gegen vierzehn Uhr nach Hause."

Erstaunt blickte sie ihn an. „Mit diesem Schrotthaufen? Das ist megapeinlich." Sofort fügte sie hinzu: „Bekomme ich jetzt Essen?"

„Wir hatten ausgemacht, dass du für dein Essen etwas tun musst." Er zeigte auf das Gerüst.

„Erstens haben wir überhaupt nichts ausgemacht, sondern du hast das festgelegt, und zweitens machen diese Übungen null Sinn. Meine Beine sind so tot, wie eine geschrumpelte Maus, die man in der Falle vergessen hat. Ich spüre keinen Unterschied, ob ich Boden unter den Füßen habe oder nicht. Wie soll ich jemals damit laufen, oder irgendwelche Übungen machen können, Herr Professor Oberschlau?"

„Du sollst nicht laufen. Nicht jetzt. Aber du musst deine Muskulatur kräftigen und ein Gefühl für die Beine bekommen." Er beugte sich dicht über sie. „Übrigens, kleines Biest: Gestern bei der Fußmassage habe ich gesehen, wie einzelne Fußmuskeln gearbeitet haben. In deinen kleinen verwöhnten Füßen steckt mehr Leben, als du glaubst."

Fast zwanzig Minuten redete William auf sie ein, half ihr immer wieder an die Metallstange, auch wenn sie jedes Mal betonte, wie mitleiderregend sie war und sie dies nicht konnte.

-

Gegen sieben Uhr morgens saß Emily wieder auf

der Couch. Vor ihr auf dem Tisch lag ein Stapel Bücher, und sie zeigte wahllos auf das Regal, damit er weitere Bücher dazulegen konnte. Demütig brachte er ihr eins nach dem anderen und legte es auf den Stapel. Erst als sie zufrieden war, verschwand er in der Küche und kam nach einer Weile mit zwei Scheiben Brot, einem Apfel und einem Glas Wasser zurück und stellte es dazu.

„Ich muss los." Er zog sich zwei Jacken übereinander und sagte: „Mach deine Übungen und du bekommst richtiges Essen." Emily antwortete mit einem zielsicheren Wurf des Apfels an seinen Kopf.

Ohne Worte hob er den Apfel auf und legte ihn so auf den Tisch, dass sie nicht ohne Weiteres herankommen konnte, warf ihr einen bösen Blick zu und verließ schweigend das Haus.

Sie lauschte in die Stille, nahm ein Buch, blätterte es gelangweilt durch, nahm die Brotscheibe und kaute darauf herum.

Diesen Tag vertrieb sich Emily hauptsächlich mit den Büchern. Speziell mit *Nature Food – The Language of Composition*, deren Seiten sie akkurat faltete oder ausriss, um kleine Flieger daraus zu bauen, die sie lustig zur Bücherwand segeln ließ. Der siebzehnte Papierflieger landete endlich im mittleren Regal bei der Schneekugel. Emily jubelte, riss die Arme hoch und beklatschte sich selbst. Damit verlor sie das Interesse an Nature Food und ließ das Buch über den Tisch rutschen. Sie entfernte den Schmutz unter ihren Fingernägeln und kämmte sich die Haare mit auseinandergespreizten Fingern. Nach einem Schläfchen oder besser dem gelangweilten Herumliegen im Dämmerschlaf, hievte sie sich in den Rollstuhl und sah sich im unteren Stockwerk um.

William besaß nicht mal ein funktionierendes Radio. Der alte Kasten in der Küche ließ sich jedenfalls nicht einschalten. Im Kühlschrank fand sie Eier und ein paar Scheiben Brick, zwei unterschiedliche Soßen in Glasflaschen, Milch, Lemon Curd, Red Pepper Jam und drei Bierdosen.

Emily nahm eine Dose heraus, öffnete sie und trank. Als Beilage gab es den gesamten Käsevorrat. Kurz darauf landeten vier Eier in der Pfanne, die sie auf die Flamme des Gasherdes stellte. Aus ihrer Position konnte sie nur schlecht erkennen, wie weit die Eier durchgebraten waren, und sie nahm die heiße Pfanne immer wieder vom Herd, um nachzusehen. Da weder Salz noch Pfeffer in Reichweite waren, entschied sie sich für die Pfeffermarmelade und aß die verbrannten Eier mit einer Gabel direkt aus der Pfanne. Der Geschmack war scheußlich, aber der Hunger trieb es herein.

Die weitere Erkundung fühlte sich wie ein Abenteuer an und trieb Emily voran. In den Schubfächern und hinter den Schranktüren befand sich größtenteils genauso wenig, wie in den Regalen und im ganzen Haus. William besaß nicht sonderlich viel, alles wirkte spartanisch.

Die Abstellkammer in der Küche fungierte als medizinisches Lager mit technischen Geräten, Gläschen und Ampullen, Verbandsmaterial, einer Arzttasche aus braunem Schweinsleder und jede Menge Ärztekram.

Emily hörte mit einem Stethoskop ihrem Herzschlag zu. Zuerst versuchte sie es an der Brust, dann am Hals, an der Stirn, am Knie und zwischen ihren Beinen. Sie klebte sich mit Pflastern beide Augen zu, tat, als wäre sie blind, und fuchtelte wild in der

Küche herum. Wie durch ein Wunder ging dabei nichts zu Bruch, auch wenn sich durch einen Hieb der Stapel sauberer Teller vom Spülbecken bis zur Tischkante bewegte.

Gerade, als William am Nachmittag das Haus betrat, schrie Emily schmerzverzerrt beim Herunterreißen der Pflaster. Ohne zu überlegen oder die Tür hinter sich zu schließen, rannte er zu ihr in die Küche. Ihre Beine steckten in je einem seiner Pullover, sie hatte sich Socken um die Handgelenke geknotet, und die Pflaster baumelten unter ihren Augen herab.

Williams Schock verflog im Entzücken. Er stellte die Einkaufstüte auf den Küchentisch und zog sich die Jacken aus. „Ich schätze mal, der Prinzessin war es wieder langweilig." Gelassen grinste er.

„Wann bekomme ich meinen Fernseher?", fragte sie schnippisch zur Begrüßung.

Er stemmte beide Hände in die Hüfte und sagte: „Sehe ich aus wie Santa Claus?"

„Du schuldest mir etwas."

Augenblicklich vertrieben ihre Worte seine Heiterkeit. „Ich schulde dir also etwas? Bisher dachte ich, dass wir quitt sind. Wieso hat sich deine Meinung geändert?"

„Ich hab dich nicht verpfiffen, oder?"

William stutzte. Dann wedelte er mit seinem Zeigefinger. Es dauerte noch einige Sekunden, bis er die richtigen Worte fand. „Deswegen habe ich dich nicht bei mir aufgenommen. Wenn du ernsthaft glaubst, dass ich den Depp für dich spiele, endet unsere kleine Gemeinschaft an dieser Stelle. Ich erdulde deine ständige Zickerei, die Flausen im Kopf, das Chaos in meiner Wohnung und sogar die

Schläge heute Morgen. Mein Interesse galt immer deiner Genesung, und du tust selbst nicht das Geringste dafür. Langsam steht es mir bis hier." Er zeigte mit der Handkante an seine Stirn. „Also, Emily Jensen, sag mir noch einmal, dass ich dir etwas schulde." Seine Lippen waren in Bewegung. „Ich warte."

„Wieso bin ich sonst hier?", fragte Emily scheu.

„Du hast mir leidgetan." Er strich sich durch den Bart. „Außerdem hast du den großen Ruhm abgelehnt."

„Ja." Sie überlegte. „Ich hatte keine Lust auf Talkshows. Ist nicht so mein Ding. Außerdem war mir der Typ unsympathisch." Sie vergrub eine Hand unter dem rechten Oberschenkel.

William schob die absturzgefährdeten Teller zurück und sagte: „Sieh mich an." Er stellte sich dicht vor sie, weswegen sie den Kopf weit in den Nacken legen musste. Vorsichtig kratzte er an dem Pflaster und riss es mit einem Ruck ab. Emily schrie.

„Ganz ruhig, Prinzessin."

Dann folgte das zweite. Diesmal kniff sie ihre Lippen zusammen und stöhnte zutiefst.

„Bist du bereit für unsere kleine Shoppingtour?"

Auf keinen Fall hatte sie vor mit diesem widerlichen Rollstuhl rauszugehen und gesehen zu werden. Allerdings wirkte Shopping auf seine Kosten überaus verführerisch. Eine Weile sah sie in sein ernstes Gesicht, schluckte und nickte stumm.

Eine halbe Stunde später befanden sie sich in der Bellevue Avenue. Die Sonne und die frische Luft taten ihr gut, aber Emily ignorierte weitestgehend die Umgebung, hatte ihre schwarze Kapuze aufgesetzt und weit ins Gesicht gezogen. Sie hielt ihre Hand vor die Augen, wenn jemand entgegenkam, und William schob bereitwillig ihren Stuhl.

„Braves Mädchen", sagte er schmunzelnd am Eingang des Centers. Sie hatte in den letzten fünfzehn Minuten nicht mehr gestöhnt oder gejammert.

„Leck mich", motzte sie.

„Ich habe einige Besorgungen zu erledigen. Ist es dir recht, wenn du beim Friseur wartest? Da können die das Chaos auf deinem Kopf richten." Er hielt ihr fünfzig Dollar hin. „Lass dich ordentlich zurechtmachen."

„Ich brauche keine Frisur", giftete sie ihn an und verkroch sich unter der Kapuze.

„Ich denke schon", sagte William fröhlich, drehte den Rollstuhl um neunzig Grad und schob sie in den Salon.

„Was soll das? Willst du mich verarschen?" Emily ruckelte an ihrem Stuhl, William hob die Hand und rief zu der Frau hinter dem Tresen: „Sie braucht einen Haarschnitt. Können Sie sich um sie kümmern?"

Gleich eilte eine Friseuse zu ihnen. „Na, das bekommen wir schon hin."

Beruhigend legte William die Hand auf Emilys Schulter. „Ich bin in spätestens zwei Stunden wieder hier. Dann kaufen wir ein paar T-Shirts für dich ein."

Mit diesen Worten verließ er schnellen Fußes den Salon und Emily konnte nur noch seine großen Schritte verfolgen und wie er ohne sich umzudrehen Richtung West Jackson Street davoneilte.

„Ich hätte auch gerne einen Grandpa, der mich zum Friseur begleitet", fing die schwarzhaarige Friseuse das Gespräch an.

„Auf den Typen könntest du gerne verzichten."

Seit langem betrachtete sich Emily wieder im Spiegel. Ihre Wunden im Gesicht waren größtenteils verheilt und sie strich die Kapuze ab. Die rote Färbung ihrer Haare war ein ordentliches Stück rausgewachsen und der Pony inzwischen viel zu lang.

„Alles etwas kürzen?", fragte die Friseuse.

„Ich brauche Farbe und neuen Schwung." Emily fuchtelte über ihrem Kopf herum.

Die Friseuse bestätigte, sagte, dass es kein Problem darstellen würde, und machte sich umgehend an die Arbeit.

Wenig später saß Emily bereits unter einer Trockenhaube und blätterte gelangweilt durch eine abgegriffene Illustrierte.

„Guten Tag, Miss Jensen. Darf ich mich zu ihnen setzen?"

Albert Stewart stand hinter ihr, wartete nicht auf ihre Antwort, setzte sich auf den Platz neben sie und reichte ihr die Hand.

„Was wollen Sie?" Sie ignorierte seine Geste.

„Sie haben mich nicht angerufen. Deswegen wollte ich mich persönlich nach Ihrem Befinden erkundigen."

„Ich denke, dass ich mich klar ausgedrückt habe." Angespannt zog Emily den Frisierumhang glatt.

„Ich weiß, dass Sie von Mister Thompson gefangengehalten werden."

„Wieso? Nein! Was soll das bedeuten?"

„Ihre Angst ist verständlich. Womit bedroht er Sie? Bedroht er Ihre Familienmitglieder oder Freunde? Was hat er gegen Sie in der Hand?"

„Was wollen Sie von mir?" Emily verstand nicht.

„Ich will Ihnen helfen, Miss Jensen." Stewart zog sich die Krawatte fest.

„Verschwinden Sie. Ich habe keine Probleme."

Er nickte und tat verständnisvoll. „Sie haben eine Trauma-Bindung aufgebaut, das sogenannte Stockholm-Syndrom. Das ist nicht ungewöhnlich in Ihrer Lage." Er zog aus der Innentasche seines Jacketts einige Fotos hervor. „Wissen Sie, Miss Jensen, ich habe das Haus überwachen lassen. Wir werden Sie dort rausholen. Aber Sie müssen uns sagen, womit er Sie erpresst, damit wir entsprechend reagieren können." Er hielt ihr das erste Foto entgegen. „Die Fensterläden sind zugenagelt. Das ist höchst verdächtig." Er zeigte das nächste Bild. „Sehen Sie sich Ihre Wunden genau an und vergessen Sie nicht, was er Ihnen angetan hat." Das folgende Foto zeigte ein heilloses Durcheinander in Williams Haus. „Sie waren tapfer und haben sich zur Wehr gesetzt. Aber mit Ihrem Handicap konnte der Kampf nur unfair sein."

„Ich habe überhaupt nicht gekämpft", verteidigte sie sich.

„Was ist mit diesem Foto?" Er hielt es ihr entgegen. Darauf waren eine verwischte Blutspur zu erkennen sowie ihre Füße auf den Fliesen in Williams Küche.

„Ich wusste doch, dass ich etwas gehört habe. Sie waren also im Haus", sagte sie langsam und erinnerte sich. „Was haben Sie in unserem Haus gemacht?"

„Wir sind ihm dicht auf den Fersen. Sie brauchen sich nicht länger zu verstecken. Kommen Sie mit mir." Nach einer kurzen Pause, in der er nachdenklich wirkte, sagte er: „Missbraucht er sie?"

„Wenn Sie nicht augenblicklich aufhören, mich zu belästigen, rufe ich die Polizei."

Stewart erhob sich. „Thompson ist nicht der Mann, für den er sich ausgibt. Er ist ein verurteilter Straftäter. Sie müssen mir helfen, Sie und die Welt von ihm zu befreien. Er gehört für immer ins Gefängnis. Ich brauche lediglich noch ein paar Informationen und Sie als Zeugin vor Gericht. Den Rest erledige ich."

„Verschwinden Sie." Emily wurde lauter.

„Ich biete Ihnen fünftausend Dollar. Dafür brauchen Sie nur einen Satz zu sagen: Mister William Thompson hat mir am sechzehnten Mai gegen einundzwanzig Uhr die Pulsadern an beiden Händen mit einer Rasierklinge durchtrennt. Das ist alles. Falls Sie der Gesellschaft diesen Dienst erweisen wollen, bekommen Sie eintausend Dollar jetzt sofort auf die Hand. Der Rest folgt, wenn Sie im Gericht auftauchen und alles erledigt ist."

„Aber er hat nichts getan."

„Wir beide wissen, dass er Sie zu dieser Aussage drängt. Thompson hat viele Menschenleben ruiniert. Er macht gerne einen auf Kumpel, erschleicht sich das Vertrauen und spielt den Samariter. Sie sollten wissen, dass er ein Psychopath ist und nur schwer sein ursprüngliches Verhalten überspielen kann. Menschen wie Thompson haben kein Gewissen. Er wird Sie wegwerfen, wenn er Sie nicht mehr braucht."

„Verpiss dich endlich!", schrie Emily und war überaus genervt.

Ihre Friseuse kam hinzu. „Gibt es ein Problem?" Sie sah Emily an und kurz zu Stewart.

Bevor Emily etwas sagen konnte, wandte sich Stewart an sie. „Nichts Ma'am. Es ist alles in Ordnung und ich wollte sowieso gerade gehen." Zu Emily sagte er: „Rufen Sie mich jederzeit an." Mit diesen Worten verließ er den Salon.

Stewart

Vier volle Einkaufstüten standen auf dem Couchtisch und William bugsierte Emily auf das bequeme Polster. Sie hatte an den Seiten und im Nacken kurze Haare in Blau und Weiß. Der Pony hing ihr in Strähnen über die Augenbrauen. So kam ihr langer zarter Hals mit dem tätowierten Vogel an der Seite gut zur Geltung. William fiel dieses Tattoo das erste Mal auf. Die Augen hatte sie schwarz umranden lassen und die Wimpern kräftig getuscht.

„Was ist mit dir los? Du hast auf dem Heimweg kein einziges Wort gesagt", stellte er fest.

Emily zuckte mit den Schultern, zog eine Tüte zu sich heran und holte drei T-Shirts heraus. Sie befühlte den Stoff, ließ ihre Hände auf die Knie sinken und sah zu William auf. „Mal angenommen, dir bietet jemand einen Haufen Kohle, nur um etwas zu sagen, was überhaupt nicht stimmt. Würdest du es dennoch machen?"

„Was meinst du damit?" Er setzte sich neben sie in den Sessel an der Stirnseite.

„Sag mir einfach, würdest du die Kohle nehmen?"

„Keine Ahnung. Es kommt drauf an, ob ich dann Nachteile hätte, oder was es auch immer ist. Sieh mal, Leute, die in der Werbebranche arbeiten, verdienen einen Haufen Geld bei dem, was sie da treiben. Und wir alle wissen, dass über die Produkte nicht immer die Wahrheit gesagt wird. Hier wird viel getrickst, um die Verbraucher zu täuschen. Große Firmenbosse schließen Deals ab, die nicht ansatzweise ethisch sind. Manchmal gibt es Situationen, in denen es besser ist, die Wahrheit zu umschreiben."

„Also würdest du lügen, wenn dich jemand dafür bezahlt?" Emily war ein wenig irritiert.

„Ich? Geht es gerade um mich? Was bedrückt dich? Ich habe dich nie angelogen, Emily. Das schwöre ich dir." Er hielt eine Hand hoch und formte ein V mit Zeige- und Mittelfinger. „Sag mir, um was es geht", forderte er sie auf.

Mit Blick zu dem Stapel Shirts sagte sie: „War nur so eine Frage. Das sind schöne Sachen, die wir ausgesucht haben." Sie breitete das erste T-Shirt aus und hielt es ihm entgegen. Die Aufschrift *Bad Girl* war mit Glitzersteinchen umrandet.

„Ich habe nur bezahlt. Du hast sie dir selbst ausgesucht."

„Danke", sagte sie, und meinte es überaus ernst. „Hast du noch genug Kohle?"

„Was brauchst du?"

„Nein, nein. Ich brauche nichts weiter." Aus der nächsten Tüte zog sie Unterwäsche und einen Stapel Socken hervor. „Ich habe mich nur gefragt, ob wir genug Geld zum Essen übrig haben."

Er lächelte sanft. „Dafür wird es reichen. Allerdings sind jetzt keine großen Sprünge mehr drin." William beugte sich über den Tisch, holte die hintere Tüte nach vorn und stellte sie neben Emily. „Sieh hier rein."

Die Tüte war schwer. „Was ist da drin?"

„Sieh hinein."

Emily holte einen großen Karton hervor. „Ein Router? Bekommen wir Internet?"

William nickte freundlich. „Mach weiter. Da ist noch mehr drin."

In der nächsten Packung steckte ein nagelneues

MacBook.

„Ich hoffe, die Farbe gefällt dir."

Aufgeregt, wie ein Kind zu Weihnachten, öffnete sie die Schachtel, wickelte die Folie ab und nahm das gute Stück in die Hand. Das Gerät war vollständig pink.

„Für meine Prinzessin", sagte er stolz.

Emilys Lippen bebten und ihre Augen wurden glasig. Rasch kullerte die erste Träne über ihre Wange. „Das ist ..." Sie war überaus gerührt, wedelte sich hektisch mit der flachen Hand Luft zu und sah ihn mit großen Augen an. „Das ist das schönste Geschenk, das ich jemals im Leben bekommen habe, obwohl es diese schreckliche Mädchenfarbe hat." Ihre Stimme überschlug sich, sie streckte die Arme zu ihm und wartete. Er setzte sich neben sie und sie umarmte ihn.

Unaufdringlich tätschelte er ihren Rücken. „Freut mich, dass es dir gefällt. Damit will ich dich aber nicht bestechen, Prinzessin. Nur würde ich mich wirklich freuen, wenn du dein Training nicht vernachlässigst."

Noch immer bebten ihre Lippen. Sie wischte sich die Wangen trocken und nickte. „Versprochen." Sie lächelte euphorisch.

„Übrigens gefällt mir dein neuer Look. Du siehst erwachsen damit aus."

Wieder fiel sie ihm um den Hals. „Du könntest auch mal einen Haarschnitt vertragen."

„Ich brauche mich für niemanden schön zu machen", sagte er, drückte sie zart von sich und erhob sich. „Ich habe Angel Cake mit Eiscreme gekauft. Hast du etwas Hunger?"

„Da fragst du noch?" Emily stopfte sich ein Kissen

hinter den Rücken und machte es sich bequem.

Während William in der Küche hantierte, entfernte sie die Schutzfolien vom MacBook und schaltete es ein.

„Hast du einen Freund?", rief Williams aus der Küche.

„Soll das ein Antrag werden?"

„Unsinn. Ich dachte mir nur, falls nicht, könntest du dich auf so einer neumodischen Datingseite anmelden?"

„Warum sollte ich das?", rief sie zurück.

„Was denkst du denn?" Er sah um die Ecke, ohne aus der Küche zu treten.

„Nein, lass mal. Diese Hoffnung wurde mir auf der Madison Street genommen."

William war wieder in der Küche verschwunden. „Das ist Bullshit", rief er, wobei seine Stimme gedämpft zu ihr kam.

„Wer will schon ein Mädchen, wie mich?" In diesem Augenblick musste sie das erste Mal wieder an Seth denken und sie würde ihn nie wieder sehen wollen. Nicht in ihrem Zustand. Wahrscheinlich würde er nach wie vor nicht gut auf sie zu sprechen sein. Dazu bräuchte er nicht einmal zu wissen, dass sie ein Krüppel war, wie sie sich seither selbst bezeichnete.

Mit zwei Tellern und Tassen kam William aus der Küche. „Ich habe Tee gemacht."

„Normalerweise trinke ich keinen Tee, aber ich kann alles mal ausprobieren."

Er goss den Tee ein und schnitt den Kuchen auf. Sie bekam das große Stück und er setzte sich in den Sessel, nahm den Tee und lehnte sich mit überkreuzten Beinen zurück.

„Du bist jung und attraktiv. Ein Freund gibt dir Stabilität und neue Erfahrungen."

„Ich brauche keinen Freund." Sie biss ein großes Stück ab, so dass eine Wange rund ausbeulte und sie Mühe hatte den Mund beim Kauen zu schließen.

Er zog eine Augenbraue hoch. „Generell oder wegen deiner Beine?"

Undeutlich murmelte sie: „Klar, warum sonst?"

„Du bist viel mehr als deine Beine. Vergiss das nie. Allerdings solltest du in dem Profil nicht erwähnen, dass du eine komplizierte Zicke bist. Sonst klappt das nicht."

Gespielt entrüstet blickte sie zu ihm auf und lächelte. „Spinner. Ich bin überhaupt keine Zicke."

„Und was für eine. Ich kenne sonst niemanden, auf den es perfekter zutreffen würde." Sein kaum sichtbares Lächeln stand ihm gut.

„Hör auf damit."

„Also, wirst du es versuchen?"

Sie zuckte mit den Schultern, aß wieder ein viel zu großes Stück und stopfte mit den Fingern nach. Er sah ihr beim Kauen zu und aß selbst nur wie ein Spatz. Als ihr Mund wieder halbwegs leer war, sagte sie: „Heute hat mich dieser Anwalt angesprochen."

„Stewart?" Dieser Name vertrieb seine Fröhlichkeit wie ein Windstoß die Fallschirme einer Pusteblume.

Emily nickte. „Er hat mir fünftausend Dollar geboten, wenn ich sage, dass du mich umbringen wolltest. Woher kennst du diesen Vogel überhaupt? Er scheint recht gut über dich Bescheid zu wissen."

„Fünftausend Dollar?", wiederholte William und überlegte einen Moment. „Das ist eine Menge Geld, Prinzessin. Und du hast wieder abgelehnt?"

„Klar. Von diesem Kackstiefel nehme ich nichts. Da

kann er mir eine Million bieten." Vorsichtig probierte sie einen Schluck Tee. Der Geschmack der Aroniabeeren war ihr fremd. Daher würde der Tee nicht auf die Liste ihrer Lieblingsgetränke kommen. Da sich William so viel Mühe gegeben hatte, wollte sie heldenmütig ihre Tasse austrinken.

Die große Standuhr läutete mit ihrem monotonen Schlagen die Abendstunden ein, als würde sie mit zugehaltenem Mund schreien.

William wirkte nervös, wie er sich durch die Haare fuhr und glanzlos im Nichts versank. Dann strich er sich mit flachen Händen über die Hose und sah mit kleinen Augen zu ihr. Einem Ausdruck, den sie von Anfang an schlecht deuten konnte. Es war, als dachte er an ein spezielles Ereignis seiner Vergangenheit.

„Vor einunddreißig Jahren hatte ich das letzte Mal mit Stewart zu tun", begann er zu erzählen. „Damals tauchte er nicht persönlich bei mir auf, sondern hat mir seine Leute auf den Hals geschickt. Wir sind uns das erste Mal in der Klinik begegnet." William starrte stur auf irgendeinen Punkt auf dem Couchtisch.

„Was hattest du für ein Problem?"

„Ich war ein unerfahrener Doktor der Medizin und hatte eine Patientin, – wie soll ich sagen? – die ich in Portugal mit meinem damaligen Wissen und den vorhandenen Möglichkeiten nicht zufriedenstellend behandeln konnte. Diese Patientin war Delores Stewart, seine Frau. Die beiden waren frisch vermählt und begannen ihre Hochzeitsreise auf den Azoren. Der leitende Oberarzt war zu diesem Zeitpunkt nicht im Hause." William sah Emily von unten herauf an, strich sich durch den Bart und fixierte den Kuchen. „Ich habe ihr die falsche Medikation verordnet. Albert Stewart war damals ein einfacher Anwalt, hatte aber bereits einen Fuß bei den großen Radio- und Fernsehsendern in der Tür. Heute steht er hinter den größten Shows Amerikas. Ihm gehören wesentliche Anteile an den wichtigsten Sendern und sein Einfluss in der Politik ist enorm gewachsen.

Jedenfalls hat er mich wegen versuchten Mordes angezeigt und eine Prozesslawine ausgelöst, die in den Neunzigern neue Maßstäbe in der Medienwelt nach sich zog. Die Verhandlungen und meine Verurteilung dienten seiner Karriere als Sprungbrett."

„Aber du wusstest es nicht besser oder hattest du eine Wahl bei der Behandlung?" Emily klebte an seinen Lippen.

„Wir haben immer eine Wahl. Besonders in den Diagnoseverfahren. Der Verdacht auf Gallenkolik verlangte die Bestimmung der Phosphate und Gamma-GT Werte. Das Ergebnis bestätigte meine Vermutung. Delores Stewart hatte akute Schmerzen und drohte ins Koma zu fallen. Hätte ich zusätzlich die Lipase ausgelesen, wäre mir die perakute Entzündung ihrer Bauchspeicheldrüse aufgefallen, aber ich hatte meine Diagnose und begann zu früh mit der Behandlung, also ohne Queruntersuchung. Ihre Galle war schon auf dem Weg der Besserung, als ihr Kreislauf kollabierte. Der verabreichte Immunstabilisator löste obendrein eine allergische Reaktion aus. Delores wurde mit dem Hubschrauber aufs Festland geflogen und Stewart hat seine Leute geschickt, um den Fall zu untersuchen. Im selben Atemzug zeigte er mich an. Das ist die Kurzform."

„Haben sie dich in den Knast gesteckt?" Emily konnte es gar nicht fassen.

„Anfangs sollte ich dreißig Monate einsitzen. Ein ehemaliger Collegestudent konnte mich nach acht

Monaten rausholen. Er hat mich hierher nach Georgia gebracht und mir wurde untersagt, jemals wieder einen Fuß auf mein Heimatland zu setzen. Ich brauche wohl nicht näher zu erwähnen, dass ich eine lange Zeit nicht praktizieren durfte." William lächelte genervt.

Emily verschränkte die Arme. „Ist das üblich? Ich meine, das war doch nicht deine Schuld."

William schüttelte den Kopf. „Fehler passieren und hinterher ist man immer schlauer. Letztlich war es ein Rachefeldzug. Sie haben meinen Verteidiger in Grund und Boden gestampft. Ich hatte nie eine Chance."

„Warum ist Stewart gerade jetzt aufgetaucht?" Sie wischte sich über die kurzen Haare im Nacken, welche wie eine feine Bürste angenehm auf der Handfläche kitzelten.

„Ich denke, das war Zufall. Dein Unfall kam groß in den Medien. Bei solchen Ereignissen steht Stewart ganz vorne in der Schlange." Er legte den Zeigefinger an seinen Bart. „Ansonsten sehe ich keine Verbindung. Er ist wie ein Aasgeier hinter jedem publikumswirksamen Fall her. Und, wie bei mir damals, wird er auch jetzt nicht lockerlassen."

„Diesmal hat er keine Chance. Er kriegt mich nicht mit seinem Geld."

„Dann wird er andere Wege versuchen. Er braucht seine Story." William schenkte sich Tee nach und hielt die Kanne nickend zu ihr. Mit erhobener Hand blockte sie das Angebot ab. Noch eine Tasse davon wäre zu viel des Guten.

„Nimm das Geld", sagte er abrupt.

„Was?" Sie musste sich verhört haben.

„Nimm das Geld, aber zu deinen Bedingungen.

Wenn er dir fünftausend Dollar bietet, kannst du locker fünfzehntausend verlangen. Wahrscheinlich mehr. Aber übertreibe es nicht. Du musst im Vorfeld auf das gesamte Geld in bar bestehen und wenn es zur Gerichtsverhandlung kommt, sagst du, was du sagen sollst. Damit hast du deine Pflicht erfüllt. Dann ergänzt du um die Wahrheit, inklusive seiner Bestechung für diese Aussage. Damit sind wir aus dem Schneider, du hast das Geld und Stewart sägen sie ab."

Emily war noch nicht überzeugt von seiner Idee. „Was soll ich denen sagen, und wann?"

„Sag dem hohen Gericht sofort im Anschluss, dass du soundso viel Geld von Stewart bekamst, welches du in einen modernen Rollstuhl und diverse nützliche Utensilien investieren wolltest. Hier darfst du schluchzend zusammenbrechen und Tränen fließen lassen. Sowas kommt immer gut vor Gericht. Beziehe dich darauf, dass du die Wahrheit sagen musst und tief bereust, dich auf sein Angebot eingelassen zu haben. Der Richter oder dein Anwalt wird dich auffordern, die tatsächliche Geschichte zu erzählen. Niemand von den Geschworenen wird dir das Geld und den Rollstuhl wieder wegnehmen wollen. Das garantiere ich dir."

„Hm", sagte sie. „Keine schlechte Idee. Aber er wird sich das nicht gefallen lassen. Was ist, wenn er sein Geld zurückhaben will?"

„Er wäre schön blöd. Nein, Emily. Die Medien werden ihn in der Luft zerfetzen." William trank einen Schluck. „Damit steht er wieder am Anfang und der Kreis schließt sich."

„Kreis?"

„Mit mir hat er den Ruhm aufgebaut und mit mir

endet er." Ein leichtes Lächeln huschte über sein Gesicht.

„Lass mich darüber nachdenken. Ich will mich nicht für irgendwelche Rachegelüste benutzen lassen. Selbst wenn er es verdient hat."

Die Sonne war bereits soweit untergegangen, dass es finster im Haus geworden war. Zwar könnten sie den Tag mit offenen Fensterläden ein wenig verlängern, aber zwei Kerzen taten es ebenso.

William war der Meinung, dass es gemütlicher so sei. Bevor er sich um das Abendessen kümmerte, schloss er den Router an und Emily koppelte ihr MacBook damit.

Sie hatte sich Taco Casserole gewünscht, was er selbst zubereitete und servierte. Dazu öffnete er einen trockenen Weißwein und reichte zum Nachtisch Schokoraspel-Cupcakes.

Zwischendurch konnte Emily kaum die Finger von ihrem neuen Spielzeug lassen. Auf Drängen von William surfte sie kurz vor Mitternacht auf UCSW-MyHeart und registrierte sich unter dem Pseudonym Angel Cake. Bereits nach wenigen Minuten hatte sie zwei Datinganfragen, die sie zu dieser späten Stunde, und weil sie die Müdigkeit übermannte, nicht mehr ansehen wollte.

William bereitete ihr Bett auf der Couch vor und las in seinem Sessel ein Buch. Als Emily fast eingeschlafen war, deckte er sie fürsorglich zu und tappte müde die Treppe hinauf.

Deal

Nach der obligatorischen Massage und noch vor dem Frühstück gingen die beiden zum Wäldchen hinaus. Emily gähnte unablässig, bekam kaum die Augen auf, war aber ernsthaft gewillt, ihre Übungen zu machen.

Die Luft war kühl, es roch nach feuchter Erde und Harz. An den Spinnweben im Gras hatte sich Tau gesammelt, der im schräg einfallenden Sonnenlicht wie eintausend Sternchen im Märchenwald glitzerte. Es war der erste Tag und der erste Morgen seit dem Unfall, an dem Emily einen Hauch der Wonne verspürte. Sie reckte ihr Gesicht zum Licht, schloss die Augen und hörte das beschwingte Vogelgezwitscher und den seichten Wind durch die Baumkronen ziehen. Die Kälte stellte ihre Armhärchen auf. Sanft strich Emily über ihre Haut und legte die Hände wärmend an die Oberarme. Der Atem kondensierte und sie pustete kleine Nebelwolken aus, die sich rasch in den Morgen verteilten. Die Kälte störte sie nicht. Auch ihre kaputten Beine und die fragliche Zukunft sowie die Gedanken an den Deal mit William schwebten in die Ferne. Voller Harmonie nahm sie mit jedem Atemzug ein weiteres Stück Glückseligkeit in sich auf, gleich des Proviants oder der Essenz des Lebens selbst.

„Bist du soweit?", fragte William und holte sie damit aus den himmlischen Gedanken. Sie sah ihn mit großen Augen an. Obwohl Emily heute kein Make-up aufgetragen hatte, sah sie mit den roten Wangen und dem strahlenden Gesicht gesund und wunderschön aus. Sie musste der Sonne wegen blinzeln, lächelte und nickte ihm zu.

„Ich bin soweit."

William half ihr hoch und sie hielt sich an den Stangen fest. Er bewegte ihre Beine, als ob sie laufen würde. Erst eins, dann das andere. Diese Bewegungen wirkten beinahe elegant, und Emily fühlte sich frei, als rannte sie durch die Straßen und könnte in den weiten Himmel und zu den Sternen bis in die Unendlichkeit fliegen.

Dann verlor sie den Halt, rutschte von einer Eisenstange, krachte mit ihren Brustkorb dagegen. Die Beine konnten ihr Gewicht nicht tragen, sie taumelte, knickte weg und schrie vor Schmerz. William fing zwar ihren Sturz ab, konnte sie aber nicht halten und beide landeten sanft im Gras. Besorgt strich er ihr über den Fuß und den Knöchel und untersuchte sie nach Verletzungen. Sie stöhnte.

„Es ist nichts gebrochen", sagte er. „Entschuldige, ich hätte besser aufpassen müssen."

Emily hatte ihr Gesicht in den Händen vergraben und wimmerte. „Dich trägt keine Schuld. Ich habe wirklich geglaubt, ich könnte stehen." Mit Kummerfalten zwischen den Augenbrauen sah sie zutiefst bemitleidenswert aus.

„Wir stehen erst am Anfang, Prinzessin. Heute haben wir erfahren, dass zumindest ein Bein nicht völlig schmerzunempfindlich ist. Das sind phantastische Neuigkeiten. Es wird zweifelsfrei immer Rückschläge geben. Wir dürfen uns nur nicht von unserem Ziel abbringen lassen."

Emily brauchte eine Pause, aber sie war tapfer und versuchte es bald erneut. Bevor William zur Arbeit gehen musste, brachte er sie ins Haus zurück und stellte ein üppiges Frühstück auf den Tisch.

Den Vormittag verbrachte Emily vor dem Bildschirm, installierte einige Programme, sah sich Videos an und las ein paar Nachrichten aus der Region und der Welt. Den Videochat probierte sie zuerst bei Betty, und da sie nicht antwortete, bei Tina.

„Hey!", sagte Emily und winkte dem Bildschirm zu.

„Wer ...? Bist du das wirklich?"

Emily lächelte breit.

„Du Miststück." Tina zog einen Flunsch. „Fast hätte ich dich nicht erkannt. Die neue Farbe steht dir gut. Komm ein wenig näher an die Linse ran."

Emily richtete das MacBook aus und Tina kroch sehr nah vor den Bildschirm. „Weißt du, Baby, ich habe drei Tage ununterbrochen geflennt." Sie lächelte und ihre Nasenlöcher nahmen fast den gesamten Monitor ein. „Mach so etwas nie wieder mit mir. Das stehe ich kein zweites Mal durch, verstanden?"

„Entschuldige. Ich hatte nicht vor dich in irgendetwas reinzuziehen und habe nur an mich gedacht. Ich war heftig neben der Spur. Jetzt geht es mir wieder besser." Emily biss nebenbei von einem Keks ab.

„Du glaubst nicht, wie erleichtert ich war, als ich es im Atlanta Daily las. Die haben über deinen Suizidversuch berichtet und wie sie dich gerettet haben." Sie verstellte ihre Stimme. „Tragödie der jungen Miss Jensen geht weiter", sagte sie wie ein Nachrichtensprecher. „Ich war noch am selben Tag im Center, aber dich hatten sie schon weggebracht. Also habe ich die Irrenhäuser in der Umgebung abgegrast."

„Wieso das?" Emily kratzte sich an der Wange und kaute.

Tina kam wieder viel zu dicht an den Monitor. Diesmal war ihr Auge bildschirmfüllend. „Naja, Suizid und so. Hätte mich jedenfalls nicht gewundert. Du warst echt fertig mit der Welt. Baby, du glaubst nicht, wo ich überall herumtelefoniert hab. Sogar in Augusta und Jacksonville. Letztlich kam ich auf die grandiose Idee, dass Middle Georgia wissen könnte, wo du steckst."

„Du bist ein Genie." Emily grinste, wobei ihre Worte eher bemitleidenswert klangen.

„Sie sagten mir, dass sie dich rauswerfen mussten. Das haben sie natürlich eleganter ausgedrückt. Du weißt ja, wie ich das meine. Ich habe mit drei Leuten gesprochen, bevor ich herausfand, dass du von jemandem begleitet wurdest, der in Dublin wohnt. Aber sag doch mal, wie geht es dir überhaupt und wo bist du eigentlich?"

„Ich bin bei William untergekommen. Er ist Doc und Physiotherapeut und hat den Durchblick bei diesen Dingen."

„Welcher William?"

„Na, der alte Mann von unserer Wette."

„Was? Der Penner, den du getötet hast?" Tina war fassungslos.

„Er ist nicht tot." Emily drehte das MacBook und zeigte ihr das Zimmer im Rundumblick. Dann richtete sie das Display wieder auf sich und sagte: „Die Bude ist ziemlich einfach, aber durchaus brauchbar. Er kümmert sich um mich, kauft Essen und massiert mir die Beine."

„Läuft da etwas zwischen euch? Ich meine, ..."

Emily schwenkte ihren erhobenen Zeigefinger hin und her. „Was denkst du von mir, Schwester? Aber der alte Herr ist schwer in Ordnung."

„Sobald ich hier fertig bin, muss ich dich besuchen kommen. Gib mir die Adresse", sagte Tina aufgeregt.

„Franklin Street. Es ist ein kleines dunkles Haus, etwas abseits der Straße und hinter einer Reihe Bäumen. Das findest du leicht."

„Ich freue mich so sehr. Bis dann, Süße."

„Ja, bis später, bye."

An diesem Tag chattete Emily mit den ersten beiden jungen Männern von MyHeart und telefonierte gegen Abend mit Stewart. Sie vereinbarten ein Treffen für den folgenden Mittag.

-

Emily musste erkennen, wie anstrengend der eigenständige Toilettengang war. Aber anstrengend war besser als demütigend. Sie schaffte es bereits ohne Hilfe.

Bisher war William stets zur Stelle, wenn sie geschrien hatte, um sie auf die Toilette zu hieven. Zweifelsfrei ging er dabei taktvoll vor, aber die Hilflosigkeit und wie sie ihm ausgeliefert war, blieb ihr unangenehm.

Genüsslich saß sie auf der Toilette und fasste sich an den Oberarm. In den vergangenen Wochen hatte sie zweifelsfrei Muskeln abgebaut. Das konnte nicht so bleiben.

Noch eine Weile grübelte Emily auf der Toilette über sich und ihre Zukunft, dann zog sie sich sitzend den Slip hoch. Das war schwierig und verlangte jede Menge Zeit. Tina rief von unten. Sie hatte hergefunden und war reingekommen – die Haustür stand ohnehin immer offen.

„Ich bin oben", schrie Emily.

Tina fand sie und half ihr die Treppe herunter. Die beiden hatten sich so viel zu erzählen. Von der Schule, ihren Eltern, von William und natürlich über das Leben im Rollstuhl. Sie knabberten Kekse und Tina bereitete nach genauen Anweisungen von Emily Kaffee zu. Dann erzählten sie weiter, alberten herum und stiegen später auf Bier um. Bis zum Nachmittag sammelten sich die leeren Flaschen auf dem Tisch und dem Sofa, und Chips und Krümel landeten auf den Dielen.

Erst die überraschende Heimkehr von William unterbrach ihre Ausgelassenheit.

„Wer sind Sie?", donnerte er zu Tina.

„Sie ist eine Freundin", erklärte Emily ausgelassen und Tina lallte: „Nenne mich Tina, Opi. Willst du auch einen Schluck?" Sie hielt ihm die halbvolle Flasche entgegen.

Er schüttelte den Kopf. Eine gewisse Frustration war in seinen Augen und in den Falten der Stirn zu erkennen. „Was hast du nur wieder angestellt?", fragte er Emily und sammelte zwei leere Flaschen auf. „Das Haus ist völlig verwüstet. Ich dachte, dieses Kapitel haben wir hinter uns gebracht."

Mit verdrehten Augen antwortete Emily: „Ich habe Tina eine Ewigkeit nicht mehr gesehen. Wir haben uns nur unterhalten und ein bisschen Spaß gehabt. Warum machst du so einen Aufstand?" Sie grinste breit und klimperte mit ihren schönen Augen.

„Du bist ja total betrunken, Mädchen."

„Alles easy."

William kaute auf seiner Unterlippe, sah sie kurz

an, dann zu Tina. Seine Stirn bekam weitere Falten und er schäumte vor Wut. Nur ein paar Sekunden später warf er Tina mit heftigem Geschrei aus dem Haus.

Er schaffte ein wenig Ordnung, aber nur so viel, dass er sich in seinen Sessel setzen konnte. Zu diesem Zeitpunkt war Emily bereits eingeschlafen und lag zusammengesunken und unbequem über der Seitenlehne. Er ließ sie den Rausch ausschlafen.

Am folgenden Morgen, als Emily ihre Augen öffnete, schien die Sonne grell zwischen den Schlitzen der Fensterläden hindurch und zeigte in Streifen den Staub in der Luft. Anstelle des liebevoll angerichteten Frühstücks fand sie das Chaos des Vortages vor und einen Zettel auf dem Tisch. Sie gähnte und nahm ihn.

Wir müssen reden, hatte er geschrieben. Mehr nicht.

Ihr Kopf brummte. Emily massierte sich die Stirn und die Schläfen. Dann zog sie sich in den Rollstuhl, schleppte sich in die Küche und wusch sich ein wenig das Gesicht. Schmutzige Töpfe, Schüsseln und Pfannen standen auf dem Herd, dem Küchentisch und auf der Ablagefläche herum. Überall lagen Krümel, Reste von Mehl und dem leckeren Kuchen. William hatte alles so liegengelassen.

Emily holte sich einen Twinkie aus der angefangenen Packung zwischen den Tellern heraus und biss müde hinein. In der Kaffeemaschine lag das verbrauchte Kaffeepulver verstreut, daneben die umgefallene und verschüttete Kaffeedose.

Emily sah in den Kühlschrank. Das untere Fach, in dem bisher das Bier stand, war leer. Auf der Suche nach etwas Trinkbarem, wie Saft oder Milch, wühlte sie sich durch einen Dschungel aus geknülltem

Papier, Butter und ausgelaufener Sahne. Sie schob es beiseite, wie störendes Laub auf der Windschutzscheibe. Immerhin gab es Wasser im Haus. Die Gläser waren in den oberen Schränken, und die sauberen, die William in den vergangenen Tagen für sie verkehrt herum auf einem Tuch neben dem Toaster hingestellt hatte, waren benutzt. Normalerweise hätte sie direkt aus der Leitung getrunken, aber der Hahn war aus dem Rollstuhl unerreichbar weit entfernt. Deswegen musste eine schmutzige Tasse herhalten, aus der sie angewidert trank.

Die Zeit drängte und der Termin mit Stewart rückte näher. Sie würde heute das erste Mal alleine in die Stadt rollen, holte sich ihre dünne Jacke und verließ das Haus.

Vor dem Einkaufcenter wartete bereits Stewart. Er lehnte lässig an einem protzigen Lincoln Town. Vermutlich war das sein Wagen. Als er Emily sah, kam er ihr ein Stück entgegen und setze ein breites Lächeln auf.

„Ich freue mich, dass Sie sich die Zeit genommen haben, Miss Jensen", schmeichelte er sich ein und richtete seinen teuren Anzug, aus dessen Innentasche er einen Umschlag holte. „Das sind eintausend Dollar. Wie vereinbart."

Sie schüttelte den Kopf. „Ich habe Hunger. Wie wäre es, wenn Sie mich zum Frühstück einladen?"

Flüchtig sah er auf seine Armbanduhr. „Es ist bereits Mittag."

„Na und, wen kümmert die Uhrzeit?"

„Verzeihen Sie bitte. Selbstverständlich. Kommen Sie mit. Wir bekommen bei Starbucks eine Kleinigkeit." Stewart zeigte zu den Geschäften und Emily rollte los. Ein Rad quietschte.

„Soll ich schieben?", fragte er.

„Das schaffe ich alleine."

Stewart machte ein abfälliges Geräusch. „Ihr Rollstuhl ist ja nicht gerade der neuste Schrei. Mit dem Geld werden Sie sich etwas Vernünftiges leisten können."

Emily ignorierte seine Worte und rollte bis vor die Glastür von Starbucks. Mit zusammengekniffenen Lippen wartete sie, bis er die Tür öffnete. Ohne ein Wort rollte sie herein, stieß einen Stuhl am erstbesten Tisch zur Seite und sagte zu Stewart, bevor er sich setzen konnte: „Ich nehme einen großen Kaffee, einen Bagel und Raspberry White mit Sahne."

Er nickte. „Sie wissen genau, was Sie wollen. Das gefällt mir."

Als er zur Theke gegangen war, sagte sie leise für sich selbst. „Das wird dir gleich nicht mehr gefallen, Mistkerl."

Stewart kam zügig mit ihrer Bestellung zurück und hatte sich selbst einen Kaffee mitgebracht. Er schob ihr den Umschlag zu. „Nehmen Sie. Das ist eine gute Entscheidung."

„Wir machen es auf meine Weise." Sie schob den Umschlag zurück und biss herzhaft in den Bagel mit Frischkäse und Gurke.

Stewart sah sie lächelnd an. „Wie meinen Sie das?"

„Ich will fünfundzwanzigtausend, sofort in bar."

Herzhaft lachte er los. „Das ist ein gelungener Scherz."

Emily kippte sich Zucker in den Kaffee, rührte um und trank. Sie biss wieder vom Bagel ab und sagte kauend: „Ich scherze nicht."

Stewart stemmte seine Ellenbogen auf den Tisch

und kam Emily sehr nahe. Wollte er bedrohlich wirken? „Ich habe keine Lust auf Ihre Spielchen. Fünftausend Dollar sind eine Menge Geld für ein Mädchen, wie Sie. Es ist nur eine Aussage und leicht verdient."

„Gut." Sorgfältig legte Sie eine Serviette auf ihre Oberschenkel, wickelte den Kuchen und den Bagel ein, steckte den Deckel auf den Kaffeebecher und rollte mit dem Stuhl nach hinten. „Ich danke Ihnen für das Frühstück, Mister."

„Wo wollen Sie hin? Warten Sie." Er sprang auf. Diesmal klang er verunsichert. „Bitte, Miss Jensen. Wir können über alles reden. Bleiben Sie doch."

Selbstsicher sah sie zu ihm auf. „Also sind Sie mit meinem Vorschlag einverstanden?"

„Ich kann Ihnen keine fünfundzwanzigtausend Dollar geben. Denken Sie an die Gerechtigkeit. Jetzt stehen Sie als bemitleidenswerte Selbstmörderin da. Ich kann dafür sorgen, dass Sie als Opfer wahrgenommen werden. Damit befreie ich Sie aus den Fängen von Thompson und sie bekommen großartige Unterstützung von Vereinen und Hilfsorganisationen aus dem ganzen Land. Denken Sie an Ihre Zukunft, Miss. Sie werden Ihr Leben wieder in den Griff bekommen und ganz von vorne beginnen können." Er setzte sich, um mit ihr auf Augenhöhe zu sein.

„Woher wollen Sie wissen, dass ich mein Leben nicht im Griff habe?" Sie verschränkte die Arme.

„Sie leben bei ihm, ..." Dabei verdrehte er abschätzig die Augen. „... haben Hunger und sie wissen selbst, dass dieser Rollstuhl vom Schrottplatz stammt. Der ist ja wirklich das Letzte."

„Sie haben Recht, Mister Stewart." Emily nickte

nachdenklich. „Fünfundzwanzigtausend werden nicht genügen. Wie wäre es mit dreißigtausend? Ich weiß, dass diese Summe nur ein Taschengeld für Sie ist. Also, was sagen Sie? Haben wir einen Deal?"

Stewart zögerte. „Also gut, fünfundzwanzigtausend. Weil Ihr Schicksal wirklich tragisch verlaufen ist."

„Haben Sie etwas an den Ohren? Ich habe vierzigtausend gesagt." Sie hielt ihm die Hand hin. „Schlagen Sie ein, bevor ich meine Aussage revidieren muss."

-

Am frühen Nachmittag kam William nach Hause. Er hatte eine volle Einkaufstasche dabei, die er neben der Couch abstellte. Strahlend sah Emily ihn an. Der Tisch war halbwegs aufgeräumt und die Tüten und die Reste vom Vorabend fein säuberlich aufgesammelt. Ein nagelneuer sportlicher Rollstuhl, schwarz mit orangefarbener Rückenlehne und passenden Felgen stand neben der Couch.

William hängte seine Jacken auf. Schmunzelnd kam er zu ihr. „Wie ich sehe, war der Deal erfolgreich. Ist ein heißes Teil." Er zeigte auf den glänzenden Rollstuhl.

Selbstzufrieden lächelte sie.

„Du wolltest doch einen mit Motor", hakte er nach.

„Die waren alle hässlich. Außerdem hast du gesagt, ich soll mich bewegen." Breit grinsend zeigte sie ihm drei Bündel Einhundertscheine und jede Menge einzelne Scheine.

„Wow. Das ist mehr Geld, als erwartet. Was habt

ihr vereinbart? Sollst du mich gleich aus dem Weg räumen?" Er stützte sich auf die Rückenlehne der Couch.

„Es ist alles nach Plan gelaufen. Sicher werden wir bald ein Schreiben vom Gericht bekommen. Dann machen wir den Typ fertig."

William setzte sich in den Sessel und überschlug die Beine. „Also gut. Du musst dich unbedingt an unsere Vereinbarung halten, damit es funktioniert. Bekommst du das hin?"

Sie winkte ab. „Lässig. Stewart ist Geschichte."

„Noch nicht ganz. Wir müssen aufpassen."

„Entspann dich."

William nickte. „Wo hast du den alten Rollstuhl gelassen?"

„Ich durfte ihn gleich im Geschäft eintauschen."

Er erhob sich, kramte in seiner Einkaufstasche und stellte ihr eine Büchse Eistee hin. Sich selbst nahm er auch eine und öffnete sie zischend. Als er wieder saß, sagte er: „Ich kann dir nicht ständig hinterherräumen. Von mir aus kannst du deine Freunde herbringen, aber wenn sie gehen, wird das Haus aussehen, wie zuvor. Ist das klar?"

„Entschuldige." Mit gesenktem Kopf sah Emily ihn an. „Ich will nicht, dass du mir hinterher räumst."

„Das ist gut. Was habt ihr überhaupt in der Küche getrieben? Es sah aus, als wäre ein Tornado durch das Haus gefegt."

„Tina hat Angel Cake gebacken. Wenn du magst ... Es ist noch etwas übrig."

„Nein danke." Er wischte mit seinen Händen über die Oberschenkel. „Beim nächsten Tornado im Haus werfe ich dich raus. Ich werde dich nicht noch einmal warnen. Hast du mich verstanden?"

„Es war ziemlich schlimm, nicht wahr?", fragte Emily leise und er stimmte brummend zu.

„Hast du Bier mitgebracht?", fragte sie unerwartet.

„Nein, ich kaufe kein Bier mehr. Du musst nicht jeden Tag Alkohol trinken."

„Bist du jetzt meine Mom?" Emily setzte sich aufrecht. Sie warf ihm zwei Bündel Geldscheine in den Schoß. „Das ist deine Hälfte." Dann knüllte sie noch zwei Hunderter und bewarf ihn damit. „Und das ist für Bier."

William legte das Geld fein säuberlich auf den Tisch. „Mach jetzt nicht auf reiche Tussi. Außerdem weißt du überhaupt nicht, was eine Familie ist."

Emily wurde ungehalten. „Woher willst du das wissen?"

„Wann hast du das letzte Mal eine Familie gehabt?"

„Das geht dich überhaupt nichts an, alter Mann."

„Oh doch. Jetzt schon."

„Ich kann mir mein Bier auch alleine kaufen." Emily war trotzig.

„Bitte, dann tu, was du nicht lassen kannst, aber nicht in meinem Haus." William trank einen Schluck aus der Dose. „Du solltest endlich etwas aus deinem Leben machen. Mit dem Geld hast du einen guten Start."

Sie musste nachdenken und starrte zur Bücherwand. Schließlich sagte sie: „Mit zehn war ich eine der Besten in meiner Klasse. Alles wurde anders, als meine Mom ihren Job verloren hat und zu Trinken anfing. Ich hatte das Gefühl, die ganze Welt würde sich verändern. Verstehst du? Es ist so, als ob dunkle

Wolken heranziehen und du den kalten Wind auf der Haut spürst. Du merkst, dass etwas Gewaltiges auf dich zukommt und weißt, dass es niemand aufhalten kann. Genauso war es für mich. Es gab immer öfter Zoff zu Hause. Deswegen bin ich zeitweise nicht mehr zur Schule gegangen und übernachtete regelmäßig bei Freundinnen. Ich hatte es so satt, ihre Schläge einzustecken und mir das Gebrüll anzuhören. Und ich wusste, dass es nicht so weitergehen kann und hatte vor, mit vierzehn nach Ottawa oder Montreal zu ziehen. Da mir das Geld ausging, endete meine Reise in Pennsylvania. Als ich von den Cops zurückgebracht wurde, lag meine Mom mit einer Alkoholvergiftung im Hospital. Ich wurde in ein Heim abgeschoben, habe drei Mal versucht wegzulaufen und bin mit sechzehn in Dublin untergetaucht. Damals glaubte ich noch, dass ich weiß, wie es dort draußen funktioniert. Also, Geld zu verdienen und ein ordentliches Leben zu führen. Ich fing meine Lehre an und setzte die blöden Vorprüfungen in den Sand. Dann fand ich das verlassene Haus in der Cleve Street und traf die falschen Freunde. Sie zeigten mir das Partyleben. Wir feierten, tranken und kifften. Die Zeit war hart, aber ich hatte Halt in der kleinen Gesellschaft. Sie waren meine Familie." Traurig sah sie zu William. „Ich weiß sehr gut, was eine Familie bedeutet."

Aufmerksam hatte er ihr zugehört. Er brummte. „Du bist ein anständiges Mädchen, Emily. Komm zur Ruhe, hole deine Schule nach und lerne einen vernünftigen Beruf. Du bist jung und kannst alles im Leben erreichen, wenn du willst."

„Vielleicht will ich überhaupt nicht den Regeln der Gesellschaft folgen."

„Das musst du nicht. Wenn du fleißig bist, kannst du die Regeln selbst gestalten." William strich sich durch den Bart. „Na ja, nicht alle, aber du kannst immer noch deinen eigenen Weg gehen, ohne dich mit Drogen hinzurichten. Gründe eine Familie und erschaffe etwas Kreatives mit deinen Händen. Du wirst sehen, wie wunderbar das Leben sein kann."

„So wie bei dir?"

„Was soll das heißen?" Er zog eine Augenbraue hoch.

„Mir scheint, dass du nicht besonders glücklich bist."

Er räusperte sich. „Nicht immer läuft das Leben, wie man es gerne hätte. Auf meine Weise bin ich durchaus erfolgreich."

„Vielleicht warst du früher erfolgreich. Jetzt scheint davon nicht mehr viel übrig zu sein."

„Erfolgreiche Menschen sind Leute, die sich nicht sagen lassen wollen, wie es läuft. Ganz sicher hängt das Glück nicht vom Kontostand ab. Natürlich brauchst du etwas Geld, um in der Gesellschaft zu bestehen."

Emily lächelte und zeigte auf den Tisch zu den Scheinen. „Diesen Punkt hätten wir abgehakt."

„Ja, das haben wir. Trotzdem: Wie sieht es mit der Schule aus? Du brauchst ein Ziel und kannst nicht einfach in den Tag hineinleben."

„Wieso nicht?"

Er rutschte im Sessel herum und lehnte sich vor. „Weil du mehr verdient hast, als das." William zeigte wahllos in den Raum. „Du bist etwas Besonderes. Ich weiß, dass du alles erreichen kannst."

„Schule ist doof", sagte sie trotzig. „Was arbeitest du eigentlich den ganzen Vormittag?"

„Ich arbeite im Kühllager bei Laurens. Davor helfe ich den Obdachlosen, bringe ihnen Medizin, Decken und Essen."

Emily stellte die leere Dose auf den Tisch und lehnte sich zurück. „Kann ich mal mitkommen?"

Diese Frage schien ihn zu überraschen. „Klar. Jederzeit."

Sie lächelte. „Ich werde mir überlegen, ob ich noch einmal die Schulbank drücke. Okay?"

Er nickte. „Das ist ein Anfang."

An diesem Nachmittag sprachen sie über ihre Wünsche, was sie gerne einmal werden wollte, über ihre Mom und politische Verfehlungen von Donald Trump und Wladimir Putin. Am Abend massierte er ihr den Rücken und die Beine. Nach dem Abendbrot, bei dem es Rührei, Pancakes und Bacon gab, gingen sie für ihr Training zum Wäldchen hinaus.

Sie gab sich große Mühe, auch wenn es ihr schwerfiel, aber sie sah im Anschluss keinerlei Fortschritte.

Für den restlichen Abend schwiegen sie weitestgehend.

Das Argument

Woher kommst du?, schrieb Emily im Chatprogramm von UCSW-MyHeart.
AlFa101 war online. Seine Antwort ließ nicht lange auf sich warten: *Ich wohne in Rochelle. Es ist ein Waldgrundstück etwas außerhalb am See.*
Sie antwortete gleich: *Das ist wunderbar. Wohnst du bei deinen Eltern?*
Wieder schrieb er umgehend: *Ja, bis mein Studium beendet ist und solange ich den Job bei den Silos habe ist es praktisch bei Mama. Sag mal, Angel Cake, wir schreiben uns ja nun schon ein paar Tage, und ich finde dich richtig nett. Was hältst du davon, wenn wir uns zu einem Kaffee treffen?*
Emily zog die Augenbrauen zusammen. Natürlich hatte sie mit dieser Frage früher oder später gerechnet. Aber machte die richtige Antwort darauf nicht alles kaputt? Sie legte ihren Zeigefinger an die Lippen und überlegte. Dann schrieb sie: *Wir kennen nicht mal unsere richtigen Namen. Ich denke, es ist zu früh für ein Treffen.* Ihr Finger verharrte über dem Senden-Knopf. Würde sie ihn oder überhaupt jemanden treffen wollen oder war das nur ein innerer Zwang, dem alle folgten? Nur war sie nicht wie alle. Und was bedeutete überhaupt Liebe? Wie wichtig konnte sie sein – wenn Emily einmal von den niedlichen Babys absah, die manchmal daraus entstanden? Außerdem war AlFa101 wirklich nett und sie musste sich in keiner Weise überwinden, sich einzugestehen, dass sie ihn mochte. Das betraf natürlich nur den winzigen Ausschnitt seines Charakters, den

sie kannte, sowie ihre Hoffnung, die mit einer rosaroten Brille getüncht war. Und genau darin lag weitaus mehr als Gewohnheit. Sie spürte eine innere Zufriedenheit, Stärke und Energie für ihre Taten und Träume. Wenn sie nicht an den Rollstuhl gefesselt wäre, hätte sie sofort zugestimmt. Vielleicht wäre sie sogar die erste mit diesem Vorschlag gewesen. Aber ihre Situation hatte die wesentlichen Dinge verändert. Sie war nicht sie selbst und zweifelte viel in letzter Zeit. Langsam senkte sie ihren Finger und schickte die Antwort auf die Reise.

Nach dem leisem Bling der Taste kam wenige Sekunden später seine Reaktion: *Ich heiße Alvin Fairley und bin 24 Jahre, so wie es in meinem Profil steht. Auch die anderen Angaben stimmen. Ich habe keinen Grund, dir etwas vorzumachen. Die größte Hürde habe ich bereits genommen. Wir schreiben uns.*

Sie musste grinsen und sah sich wieder und wieder seine Profilbilder an. Sein Lächeln gefiel ihr, genau wie der eigenwillige Style mit der Designerstrickjacke, der schlichten Jeansweste und seiner Frisur, die wie ein Hahnenkamm nach oben gerichtet war. Hauptsächlich war sie jedoch von dem Foto am Strand angetan, auf dem er weiter nichts als eine verschlissene Jeans trug. Er hatte einen tollen Körper. Emily sah auf ihre Beine herab. *Könnte dieser Körper ihr gehören? Wäre das jetzt noch möglich?*

Sie tippte: *Ich weiß nicht, ob das eine gute Idee ist. Wir können uns wirklich prima unterhalten. Vielleicht ist es besser, wenn wir es nicht ruinieren, Alvin. (Was ist das überhaupt für ein merkwürdiger Name?)*, schrieb sie.

Seine Antwort kam umgehend: *Insgeheim hatte ich gehofft, auch deinen Namen zu erfahren. Willst du mir nicht sagen, wie du heißt? Und übrigens: Was gefällt dir an Alvin nicht?*

Emily schmunzelte beim Schreiben: *Das klingt total bescheuert. Wenn du mal ein großer Schauspieler werden willst, wird das definitiv nichts mit diesem Namen. Mich erinnert er an ein plüschiges Aliendings aus einer Serie aus den Achtzigern.*

Diesmal dauerte seine Antwort ein wenig: *Ich kenne die Serie und fand sie total bescheuert. Außerdem hieß der Zwerg nicht Alvin. Wenn du nicht willst, dass ich dich und deine Familie kennenlerne, ist das völlig in Ordnung. Aus meiner Sicht sind wir für den nächsten Schritt bereit. Am Donnerstag muss ich für ein Vorsprechen nach Augusta. Dublin liegt auf direktem Weg dorthin. Ich will mich nicht aufdrängen, aber es wäre doch eine verpasste Gelegenheit, wenn ich nicht kurz eine Pause bei dir einlegen würde. Wenn du nichts dagegen hast, könnte ich gegen Abend bei dir sein. Entscheide selbst, ob wir unser erstes Treffen bei dir oder lieber im Autokino (oder sonst irgendwo) haben wollen. Das ist mir letztlich egal. Ich würde dich jedenfalls gerne persönlich kennenlernen wollen.*

Emily las seinen Text zweimal. Der Termin war in drei Tagen und er wusste nichts von ihrem Schicksal, würde sie im Rollstuhl sehen, davonlaufen und niemals zurückkommen. Nein, das durfte nicht passieren.

Sie schrieb: *Das ist leider total ungünstig. Am Donnerstag bin ich bei einer Freundin, die ich schon lange nicht mehr gesehen habe. Wir müssen unser Treffen verschieben.* Emily überlegte, ob sie diese kleine Notlüge wirklich absenden sollte.

William kam nach Hause.

Sie sah auf die Uhr. Tatsächlich war es schon Nachmittag.

„Hallo, Prinzessin", sagte er gut gelaunt. „Wie war dein Tag?"

Emily drückte auf senden und schaltete das Gerät ab. „War ganz in Ordnung. Wie wäre es mit einem Fernseher? Ich meine, wir haben doch jetzt genug Kohle."

„Du weißt, was ich davon halte. Ich möchte nicht, dass du verblödest und nur vor der Kiste sitzt."

„Aber ich sitze sowieso den ganzen Tag rum. Da kann ich sehen, was in der Welt geschieht. Außerdem verblöde ich nicht."

„Du hast Internet", war seine Lösung für das Problem.

„Was soll das? Ich lebe genauso hier und kann gewisse Entscheidungen treffen."

„Ja, das kannst du, Prinzessin. Gehen wir zum Wäldchen?"

„Wir waren doch heute Morgen schon trainieren. Warum können wir nicht über den Fernseher abstimmen?"

„Weil wir zu zweit sind. Da kann es keine Abstimmung geben", sagte er trocken.

„Dann lass uns darüber diskutieren."

„Zuerst dein Training. Mach dich fertig. Wir können den schönen Tag nutzen. Heute Abend besprechen wir das. Ist das okay?"

„Das wird doch ohnehin nichts. Ich kann dir eintausend Argumente bringen, und du kommst mit einem einzigen Gegenargument, das sofort gilt. Ich kenne dich." Sie zog sich in den Rollstuhl. Inzwischen klappte dieses Ritual schon recht ordentlich.

William öffnete die Haustür und ließ sie hinausrollen. „Bringe mir ein Argument, welches stärker als meins ist. Damit erhältst du eine reelle Chance."

Emily überlegte den ganzen Weg bis zum Wäldchen und wunderte sich, dass sie schon bei den Stangen angekommen waren. Selbst während des Trainings und auf dem Rückweg grübelte sie und suchte nach geeigneten Argumenten. William bemerkte ihre Abwesenheit und drängte ihr kein Gespräch auf.

Zum Abendbrot kaute sie langsam und beobachtete William, wie er sich immer wieder mit einer Serviette die Lippen und den Bart abtupfte.

„Ich weiß, dass ein Fernseher das Zusammenleben gefährdet und soziale Kontakte beschneidet", sagte sie unvermittelt. „In den allermeisten Fällen hinterfragen die Zuschauer die zahlreichen und oft einseitigen Informationen zu keinem Zeitpunkt. Vielleicht ist es sogar gesundheitsschädlich, wenn sie diese Zeit mit Herumsitzen anstelle mit körperlicher Aktivität oder an der frischen Luft verbringen. Möglicherweise werden wir alle dadurch negativ beeinflusst. Gewaltdarstellungen verändern die persönliche Charakteristik oder wir beziehen Stellung zu etwas, das wir – falls wir es selbst erleben würden – völlig anders sehen könnten. Aber Fernsehen bringt uns die Natur nach Hause oder besser die Bilder davon. Bilder und Informationen, die wir wahrscheinlich sonst niemals erfahren hätten. Ich weiß, dass es öde Bilder bleiben, wenn ich die Bäume oder Blüten nicht mit eigenen Händen spüren, sie riechen oder sehen kann. Ohne die Kulisse mit dem Wind, den Vögeln und Insekten bleiben es Illusionen. Aber sie beflügeln unsere Fantasie und Kreativität auf eine einzigartige Weise. Doch nur so kann ich in kurzer Zeit das geballte Wissen von so vielen Menschen erfassen und mir ein Urteil bilden. Ja, Fernsehen bringt uns nur einen kleinen Teil der Welt, einen Ausschnitt davon und haufenweise fremde Meinungen, aber ist es nicht die Vielfältigkeit, die uns das Neue lehrt? Niemand würde ohne die fantastischen Dokumentationen in die Tiefen der Meere abtauchen können oder könnte etwas über das soziale Leben der Pinguine auf schnelle und eindrückliche Methode erfahren. Wir würden die Weltmeisterschaften im Eishockey verpassen, wenn sie in Hongkong oder São Paulo stattfinden. Nur der Fernseher bringt sie live in unsere Wohnzimmer. Und wenn sich niemand selbst aufgibt und kritisch bleibt, dann ist der Fernseher durchaus eine Bereicherung."

Wie in einem Wettbewerb des Schweigens sahen sie sich eine gefühlte Ewigkeit gegenseitig an.

„Das waren meine Argumente. Sind sie gut?", fragte sie locker.

William starrte sie mit offenem Mund an, strich sich mit der flachen Hand über den Bart und sagte: „Wow. Was war das?"

Sie zuckte mit den Schultern.

„Das waren die besten Argumente, die du mir je hättest bringen können. Du hast den Sinn dahinter verstanden. Natürlich ist mir klar, dass du deine Lieblingsserien nicht erwähnt hast. Auch nicht die brutalen Actionfilme und endlosen Talkshows ohne Sinn und Verstand, die du ebenfalls in deiner Langeweile konsumieren und unendlich Zeit verschwenden wirst. Aber jetzt habe ich ein gutes Gefühl bei der Sache. Wo ist der beste Platz für den Fernseher, Prinzessin?"

Sie lächelte breit.

-

Am folgenden Morgen wurden sie bei den Übungen am Wäldchen von feinem Sprühregen überrascht. Nass, aber gut gelaunt, kehrten sie ins Haus zurück.

„Du hast auf deinen eigenen Füßen gestanden. Hast du das bemerkt?", fragte William und schob sie in die Küche. Er gab ihr ein trockenes Handtuch.

„Wenn du mich festhältst, ist das kein Wunder. Ich spüre meine Beine trotzdem nicht. Ich fürchte, das Training bringt nicht viel." Sie wischte sich über die Wange und strich die Haare aus dem Gesicht. Verstrubbelt sah sie ihn an. „Ich habe einen Bärenhunger."

„Gib nicht auf. Egal wie es kommt, Sport hilft dir in Form zu bleiben." William rubbelte sich das Gesicht und die Haare trocken, legte das Handtuch auf die Kommode und kümmerte sich um das Frühstück. „Magst du Ei mit Speck?"

„Gerne", sagte Emily und rollte zur Couch. „Mit Ei und Speck hat alles angefangen. Weißt du noch?"

„Wie könnte ich das vergessen. Du warst völlig ausgehungert", rief er aus der Küche. Kurz darauf hörte Emily, wie er die Eier aufschlug und in der Pfanne brutzelte.

Sie setzte sich auf die Couch und schaltete ihr MacBook ein. Auch heute hatte sie wieder über zehn Freundschaftsanfragen auf MyHeart. Zwei davon waren mit einem kleinen grünen Punkt versehen, was deren aktuelle Onlineaktivität zeigte.

BigRock21 schrieb von seinen zwei Hunden und einem Sieg bei der Bowlingmeisterschaft in Alabama. Sein Profilbild wirkte sympathisch. Deswegen antwortete sie ihm. *Hallo BigRock21. Ich mag auch Hunde. Am liebsten hätte ich einen Akbasch. Bin gerade vom Morgensport gekommen und gleich gibt es Frühstück. Warum bist du schon munter? Es ist nicht mal sechs Uhr.*

Er sah prompt ihre Nachricht und schrieb zurück: *Bin noch auf Arbeit und freue mich aufs Bett. Und du bist wohl eine Frühaufsteherin. Was machst du so?*

Emily musste einen Augenblick nachdenken. *Heute kaufe ich mir einen Fernseher. Sonst hab ich nichts Besonderes vor. Sag mal, hast du Probleme damit, wenn andere Leute eine Behinderung haben?*

BigRock21 antwortete in dem Moment, als William die sorgfältig angerichteten Teller brachte. Es duftete nach gebratenem Speck und frischem Kaffee.

Die sollten besser unter sich bleiben. Wieso fragst du?, schrieb er und hatte einen grinsenden Smiley mitgeschickt.

„Iss, so lange es heiß ist." William reichte ihr den Teller. „Kaffee oder Tee?" Er zwinkerte ihr zu und goss Kaffee ein, bevor sie antwortete. „Ich habe schon mitbekommen, dass du meinen Tee nicht sonderlich magst. Hier, lass es dir schmecken." Die Tasse stellte er an die Tischkante auf ihrer Seite, damit sie problemlos herankam.

Emily lächelte zurück, sah noch einmal auf das Profilbild von BigRock21 und entfernte ihn aus der Liste.

Noch vor dem Gehen goss William liebevoll seinen verkümmerten Orangenbaum am Fenster, als käme es auf die Anzahl der Tropfen an. Dann pustete er den Staub von den Blättern und drehte ihn mit seinen beiden Blüten zu den größeren Fensterschlitzen.

Bis zum Mittag chattete Emily, aß einen Apfel und

machte sich für ihren Ausflug bereit. Sie verließ das Haus Richtung Dublin Village, stärkte sich bei Huddle mit Applewood Smoked Bacon und Southern Pecan und holte sich zwei extragroße Buttermilchpfannkuchen.

Dann rollte sie geradewegs zum Elektronikhändler und zeigte auf den größten Fernseher in der Auslage.

-

Pünktlich zum Afternoon Tea war William zu Hause. Emily hatte den Tisch eingedeckt, Tee und Kaffee gekocht und Plätzchen dazugestellt.

Der neue Fernseher hing an der Wand neben der Treppe. Dafür hatte ein verblasstes Gemälde weichen müssen, das jetzt schräg darunter an der Wand lehnte.

„Wow, du siehst umwerfend aus, kleines Mädchen. Genau so gefällst du mir", begrüßte er sie.

Emily hatte sich die Augen und Lippen geschminkt, die Haare gewaschen und nach vorn ins Gesicht gekämmt. Sie deutete mit leichtem Kopfnicken hinter ihn.

Zögerlich drehte er sich um und sah ihre gigantische Neuanschaffung. „Gab es den nicht eine Nummer kleiner?", war seine erste Bemerkung dazu.

Großzügig ignorierte sie den Einwand. Schließlich gab es keine Einschränkung zur Größe. „Wir müssen die Couch umdrehen", sagte sie eindrucksvoll.

„Das werden wir. Wie hast du das Ding an die Wand bekommen?" Er setzte sich zu ihr an den Tisch.

„Sie haben ihn geliefert und gleich angeschlossen." Emily hielt ihm die Fernbedienung entgegen.

William schaltete ein und zappte durch ein paar Sender, bis sie sich von einem Musikkanal berieseln ließen.

„Mir ist nicht entgangen, dass du recht gut alleine zurechtkommst. Das gefällt mir sogar besser als deine Glotze", sagte er und nahm sich einen Keks.

„So stelle ich mir eine kleine Familie vor. Echt schade, dass ich das niemals für mich haben werde."

William hörte auf zu kauen. Etwas verlegen sah er in ihre Augen, auf ihre Hände und die Beine. „Das ist lieb von dir." Seine Stimme war äußerst leise, fast fürsorglich.

„Ich habe mir immer mein eigenes Königreich gewünscht. In diesem Szenario wäre ich allein und könnte über mich und meine kleine Welt bestimmen. Aber in der Wirklichkeit hätte ich dich gerne als Grandpa gehabt."

Er schluckte und blickte verlegen auf seinen Teller. Dann sammelte er ein paar Krümel ein, leckte sie vom Finger ab und sagte: „Ich bin in einem strengen Elternhaus aufgewachsen. Bei uns gab es kaum zärtliche Zuwendung. Der Tagesablauf war festgelegt, bevor wir Kinder aufstehen mussten. Wir waren drei Geschwister, von denen ich der verspätete und vermutlich ungewollte Nachzügler war. Trotz der harten Hand meines Daddys kann ich mich an eine gute Kindheit erinnern. Ich sollte von Anfang an in seine Fußstapfen treten. Auch er war Doc, genau wie mein Grandpa. Heute bin ich der letzte Thompson und mit mir wird der Name zu Grabe getragen. Ich wünschte mir so sehr, ich könnte noch einmal meine Heimat und den Familiensitz sehen." Er sprach mehr mit seiner Tasse, als mit Emily. Nur hin und wieder hob er den Kopf und starrte zu den Büchern. Er wirkte betrübt und rieb sich scheu über ein Auge. Seine Lippen waren wieder in Bewegung. Emily wusste inzwischen, dass es seine Art war nachzudenken, und sie ließ ihm die Zeit, die er brauchte.

„Ich muss nicht unbedingt zurückgehen, da ich meine Familie in Dublin gefunden habe."

Sie beugte sich zu ihm herüber und legte eine Hand auf sein Knie. „Meinst du mich damit?"

Seine Lippen bebten. Es dauerte eine Weile, bis er blass nickte.

„Komm her, alter Mann." Emily reckte beide Arme zu ihm. „Lass dich umarmen."

Wie versteinert saß William im Sessel.

„Jetzt komm schon her. Bis ich bei dir bin, habe ich vergessen, was ich wollte."

Er stellte seine Tasse ab und erhob sich. Vorsichtig setzte er sich neben Emily, die ihn wie ein Wirbelwind umarmte und fest drückte. Sein fransiger Bart kratzte sie im Gesicht.

-

Die Sonne ging in diesen Minuten unter und färbte den Himmel in romantisches Rot. Im Fernseher lief eine Folge von Empire und es klopfte an der Tür. William war dabei, den Tisch abzuräumen, und hielt die benutzten Teller in der Hand. Fragend sah er zu Emily. „Erwartest du jemanden?"

Sie schüttelte den Kopf, William stellte das Geschirr ab und öffnete die Haustür. Ein junger Mann mit Sturmfrisur und Jeansweste stand draußen und lächelte. „Wohnt hier Angel Cake?", fragte er.

„Wer?"

Emily zischte und winkte hektisch.

„Leider kenne ich nicht ihren richtigen Namen. Hier, Mister, ich habe ein Foto von ihr", sagte der junge Mann, tippte auf seinem Handy herum und hielt ihm ein Bild von Emily entgegen.

„Warten Sie kurz." William schloss die Tür und flüsterte: „Ich denke, da steht ein Verehrer vor der Tür." Er wirkte fröhlich.

„Das wird Alvin sein. Wie hat er mich gefunden?" Verlegen strich sie sich über eine Wange. „Er hat erwähnt, dass er heute an Dublin vorbeikommt. Aber ich habe ihm nicht gesagt, wo ich wohne." Emily war hektisch, während William ihre Aufregung nicht verstand und leicht mit den Schultern zuckte.

„Es wäre durchaus ein Jammer ihn wegzuschicken. Der junge Mann sieht ziemlich heiß aus."

„Das ist mir klar", zischte sie. „Aber er weiß nichts hiervon." Klar und deutlich zeigte sie auf ihre Beine.

„Das haben wir gleich", sagte William und trug sie an den Esstisch. „Du musst einfach nur sitzen bleiben und gut aussehen."

„Das funktioniert nie", fauchte sie.

„Nur ruhig, Prinzessin. Ich öffne jetzt die Tür."

„Der Rollstuhl!" Hektisch zeigte sie neben die Couch, dorthin wo er immer stand.

William eilte zum Rollstuhl, schob ihn in die Küche, schloss die Zwischentür, sauste zur Haustür und legte seine Hand auf den Knauf. „Bist du bereit?"

„Wie sehe ich aus?" Emily strich sich durch die Haare.

„Du siehst bezaubernd aus." Williams Lächeln wirkte beruhigend.

Sie atmete tief durch. Er blinzelte ihr zu und öffnete.

„Sie sind also Alvin?"

Unsicher nickte er.

„Dann sollten Sie besser hereinkommen, Mister." Er reichte ihm die Hand. „Ich bin William."

Lächelnd nahm er seine Geste an. „Alvin Fairley, angenehm." Er hob den bezaubernden Blumenstrauß mit den Lilien, Eustoma und Gerbera hinter dem Rücken hervor und ging auf Emily zu. Sein Lächeln war breit, die Augen klar und dunkel. „Du bist also Angel Cake."

Sie schmunzelte und fuhr sich durch die Haare. „Hey."

„Ich hoffe, du bist nicht sauer, dass ich einfach hereinschneie." Er hielt ihr die Blumen entgegen.

„Setzen Sie sich, junger Mann", sagte William. „Tee, Kaffee, Wein?"

„Wenn es keine Umstände macht, nehme ich Kaffee. Ich habe noch eine weite Fahrt vor mir."

Emily atmete den Duft von Frühling und Freiheit ein und legte die Blumen neben sich ab.

„Nehmen Sie ein paar Kekse dazu?" William schnappte sich die Blumen und warf Emily einen kurzen Blick zu. „Ich stelle sie erst mal in die Vase. Bleibt ihr nur sitzen." Er zwinkerte wieder.

„Nein danke, nur Kaffee. Ich aß bereits in Wrightsvill eine Kleinigkeit."

William verschwand in der Küche.

Emily und Alvin sahen sich schüchtern an.

„Du siehst viel besser aus, als auf den Fotos", sagte er und beugte sich leicht zu ihr vor. „Ist das dein Grandpa?"

„Nein. Ja." Sie stockte und legte nach: „So etwas ähnliches."

„Er ist charmant."

„Ja, das ist er. Wie hast du mich überhaupt gefunden?" Sie polsterte ihren Rücken mit einem Kissen und lehnte sich dagegen.

„Du hattest drei Teiche in der Nähe und ein Wäldchen außerhalb von Dublin erwähnt und beschrieben, dass euer Haus das einzige in der Straße sei, welches überhaupt nicht zu den anderen passt." Er schmunzelte. „Das waren keine dreißig Minuten Detektivarbeit. Vielleicht hatte ich aber auch nur eine gehörige Portion Glück." Mit der Hand vor dem Mund räusperte er sich. „Bist du deswegen sauer auf mich?"

Demnach konnte sie bereits mit wenigen Hinweisen gefunden werden. Für einen winzigen Moment schwirrten wirre Gedanken durch ihren Kopf.

„Emily?", fragte er und beugte sich beunruhigt vor.

Ihr Körper zuckte, als wäre wieder Strom bei ihr eingeschaltet worden. „Ähm, nein. Ich bin nicht sauer. Wie war dein Vorsprechen?"

„Ich denke, ich habe mich recht gut geschlagen. Drücke mir die Daumen, dass dem auch so ist."

Emily legte ihre Hände auf den Tisch und schloss ihre Daumen in die Faust ein. William kam mit dem Kaffee und einer Blumenvase zurück. „Ich habe etwas in der Stadt zu erledigen und lasse euch mal alleine."

Emilys Augen wurden groß. „Du kannst ruhig bleiben. Uns störst du nicht." Sie wandte sich an Alvin: „Stimmt doch?"

Er zuckte mit den Schultern und entgegnete: „Wenn er doch etwas vorhat. Wir kommen schon zurecht."

William klopfte Emily auf die Schulter. „Ich bin in einer Stunde zurück."

Kaum war er gegangen, fragte Alvin: „Ich verstehe nicht ganz, warum du dich überhaupt in Datingportalen anmeldest. So, wie du aussiehst, könntest du jeden haben." Er hielt sich kurz die Hand vor den Mund. „Das habe ich jetzt nicht gesagt. Verzeih mir. Aber mit diesem Aussehen würde ich dich auf der Stelle heiraten."

„Schon gut, Alvin. Ich kann meine Beine nicht bewegen."

Er lachte laut los. Ihr ernster Blick verunsicherte ihn dermaßen, dass ihm sein Lachen augenblicklich verging. „Im Ernst? Was meinst du damit?"

„Ich bin auf einen Rollstuhl angewiesen."

Alvin sah unter den Tisch auf ihre Beine und wieder in ihr Gesicht. „Ernsthaft?"

Sie nickte.

„Wieso hast du mir das verheimlicht?"

„Ich kann mich nicht erinnern, dass du über deine Krankheiten gesprochen hast", sagte Emily pampig. „Willst du mich immer noch heiraten?"

Diese Frage brachte ihn aus dem Konzept. Er erhob sich, sah zu ihr herum und betrachtete ihre Beine. „Ist das ein Witz, um mich zu testen?"

„Und wenn?"

„Hör zu. Zugegeben, ich bin erschrocken, aber ich habe kein Problem damit", sagte er leicht stotternd und schien es nicht ansatzweise so zu meinen. Offenkundig hatte er aber doch ein Problem mit diesem Umstand und blieb nur aus Höflichkeit. Er redete nur noch über das Wetter und das Wasserkraftwerk Barnett Shoals am Oconee River, einem Unfall auf der Fünfundsiebzig und weiteren belanglosen

Themen. Nach einer halben Stunde musste er unvermittelt aufbrechen, um rechtzeitig nach Hause zu kommen.

„Es war schön, dich einmal persönlich kennengelernt zu haben." Alvin hielt ihr die Hand entgegen, aber sie verschränkte ihre Arme.

„Verpiss dich."

Nervös kratzte er sich im Nacken und verließ übereilt das Haus.

Als William zurückkam, lag Emily schluchzend mit dem Kopf auf der Tischplatte und hatte ihre Arme schützend darüber gelegt.

Die Cops

In der Ferne bellten die Terrier von Frank Holt, einem Nachbarn zwei Häuser von William entfernt. Das Kläffen dauerte bereits eine ganze Weile und begann langsam, aber sicher zu nerven. Aber das passte zu Emilys heutiger Stimmung und dem Nebel, der sich über die Weide gelegt hatte. Der Morgensport war an diesem Tag alles andere als erfrischend und hatte weder ihre Seele auf einen guten Tag vorbereitet noch irgendwelche sichtbaren Ergebnisse gebracht. Natürlich war das nichts Neues, aber Emily hatte wegen zu vieler Gedanken über ihre Zukunft kaum geschlafen. Denn die Gedanken in der Nacht sind nicht mit denen am Tag gleichzusetzen. Diese Mischung aus Halbschlaf und Dunkelheit war stets eine Spur schizophren und verschwamm in der Logik und Realität, genau wie eine vom Nebel verhüllte Wiese. Normalerweise löste sich der Spuk am folgenden Morgen von selbst auf und übergab das Chaos aus der Nacht dem wachen und klaren Verstand. Aber Emilys Müdigkeit überschattete ihre Gefühlslage.

„Kopf hoch", versuchte William sie auf dem Rückweg zu trösten.

„Das macht doch alles keinen Sinn."

„Wenn das so ist, warum bleibst du überhaupt bei mir?"

„Weißt du, ich kann Alvin und die anderen nur zu gut verstehen. Niemals würde ich mit mir abhängen wollen, oder etwas unternehmen. Und schon gar kein Leben planen, mit Familie, Haus und Job, und wer weiß was alles dazu gehört."

„Für mich macht das Training Sinn", konterte William gelassen und schob beharrlich ihren schicken Rollstuhl über den holprigen Feldweg.

„Dann zeige mir den Sinn. Ich kann ihn nicht mehr sehen."

„Wir haben uns."

Sie sah zu ihm auf. „Das soll das Leben sein? Sieh uns doch an. Wir beide sind ein Witz. Ich bin ein Krüppel und du ein alter gestrandeter Mann, der von seiner Heimat vertrieben wurde und sich vorgaukelt, dass wir eine kleine Familie sind. Das ich nicht lache. Ich scheiß auf deine heile Welt."

Er hob eine Augenbraue.

„Du kannst mir nicht helfen. Niemand kann das. Lass mich einfach stehen und kümmere dich endlich wieder um dein beschissenes Leben. Merkst du nicht, dass ich dich ausnutze? Du kaufst ein, machst Ordnung, wäschst meine Drecksklamotten und rennst, wenn ich pfeife. Du bist nichts weiter, als ein verdammter Idiot und taugst gerade noch dazu, einer Behinderten den Arsch abzuwischen."

Abrupt blieb der Rollstuhl stehen und William kam nach vorne. Emily hatte schon kommen sehen, dass er auf seiner Unterlippe kauen würde. Und genauso war es. Aber er verzog keine Miene.

„Jetzt hau mir doch endlich eine in die Fresse", schrie sie ihn an. „Das ist es doch, was du willst. Oder du sagst mir einen Menschen auf dieser Welt, der den großen Haufen Mist freiwillig tut." Weil er aussah, als ob er sie nicht verstanden hätte, ergänzte sic: „Ich meine das, was du den lieben langen Tag für mich tust. Du schuldest mir nichts und bist ein freier Mann. Verschwinde, verdammt noch mal, aus meinem Leben!" Ihr Herz klopfte. Sie könnte auf der Stelle aufspringen und ihm mitten ins Gesicht schlagen. Vielleicht würde er dann aufwachen und seinen Verstand wieder finden.

„War es das jetzt?", fragte er relativ ruhig.

Emily verschränkte die Arme.

„William L. Thompson", sagte er.

„Was?" Sie verstand nicht, was er wollte. Das machte sie noch wütender.

„Du wolltest jemanden wissen, der diesen ganzen Mist freiwillig tut."

„Aber wieso? Bist du wirklich so behämmert? Du hast ein eigenes Leben, und das ist um ein vielfaches leichter ohne einen beschissenen Klotz am Bein."

„Du wolltest versuchen, nicht zu fluchen." William stand auf dem Feldweg, wie ein Fels in der Brandung. An ihm schmetterten sämtliche Anfeindungen ab.

„Ich habe dir schon einmal gesagt, dass ich so viel und so oft fluche, wie ich es will, verdammt nochmal! Und du hast mir gar nichts zu sagen. Kapiert?"

„Pass auf, Emily. Selbst ich habe kein Herz aus Stein und deine Worte sind verletzend. Aber ich werde sie schlucken und schlage vor, dass wir beide erstmal darüber schlafen. Falls du morgen immer noch der Meinung bist, mich verlassen zu wollen, dann kannst du gehen."

„Fein", sagte sie zynisch. „Vielleicht findest du bis morgen dein Gehirn wieder und erkennst die Fakten."

William schob Emily weiter, doch sie legte sich ins Zeug und gab Schwung, wurde immer schneller und schneller, und raste ihm davon.

„Pass auf!", schrie er.

Ihr Rollstuhl rutschte in eine Kuhle und kippte. Emily fiel heraus. William rannte ihr nach.

„Ist dir etwas passiert?"

Zickig zeigte sie ihm den Mittelfinger und hob ihr Gesicht aus dem Sand.

Er stellte den Stuhl auf und hob sie hinein.

„Du blutest", sagte er. Emily hatte sich die Stirn aufgeschlagen. „Lass uns reingehen. Da kann ich deine Wunde versorgen."

Wortlos ließ sie sich bis zum Haus schieben. Die Hunde kläfften unablässig und nervig.

„Guten Tag." Zwei Cops erwarteten sie vor der Haustür. „Sind Sie William Thompson?", fragte der Große mit dem Schnauzbart.

„Ja. Was kann ich für Sie tun?" William sah nervös aus. Der andere Cop widmete sich Emily.

„Gegen Sie liegt ein Haftbefehl vor. Alles was Sie von jetzt an sagen, kann und wird vor Gericht gegen sie verwendet werden. Sie haben das Recht auf einen Anwalt. Können sie sich keinen leisten, wird ihnen einer gestellt."

William wurde gegen die Hauswand gedrückt, durchsucht und bekam Handschellen angelegt. Die Haustür stand offen. Weitere Cops waren bereits im Haus. Auf der Franklin Street parkten zahlreiche Einsatzfahrzeuge. Sicherheitskräfte hielten ihre Waffen auf das Haus gerichtet.

Zwei Beamte nahmen Emily mit zum Krankentransporter, schoben sie hinein und schlossen die Wagentür. Sie versorgten ihre Wunde an der Stirn und taten höchst fürsorglich.

Sie sah noch, wie sie William zu einem Streifenwagen brachten und weitere Cops, die ins Haus liefen, bevor sie auf die Jefferson Street abbog.

Der Raum war karg. Aber er entsprach nicht den üblichen Vorstellungen eines Verhörraums aus den Krimiserien im Fernsehen mit seinen dunklen Fliesen an den Wänden, einem großem Spiegel und baumelnder, schwach leuchtender Neonlampe. Nein, dieser Raum war hell und modern. Ein Wasserspender stand in der Ecke, und an der anderen Wand lagerten große Kartons. Die großflächige Deckenlampe war eingelassen und im glänzenden Boden befanden sich vereinzelt farblich abgesetzte Muster.

Ein Cop in zivil kam herein, schurrte den schlichten Stuhl am Tisch gegenüber von William zurück und setzte sich breitbeinig darauf.

„Officer Kristopher Sifford. Sie wissen, warum Sie hier sind, Mister Thompson?", fragte er abgeklärt.

„Ich denke, das verraten Sie mir gleich, Officer", entgegnete William. Seine gefesselten Hände lagen auf dem Tisch. Er hob sie an und fragte: „Muss das sein?"

„Nein, ich denke, das ist nicht erforderlich." Sifford beugte sich vor und befreite William davon. „Ihnen wird versuchter Mord an Emily Jensen vorgeworfen, weiterhin Entführung, Freiheitsberaubung und schwere Misshandlung. Wollen Sie dazu etwas sagen?"

„Ich wüsste nicht was, außer dass es Bullshit ist. Ich habe niemanden entführt oder versucht umzubringen. Wer behauptet das?" William lehnte sich zurück und streckte seine Beine nach vorne aus.

„Ihre Akte ist kräftig gefüllt. Wie es scheint, gehen Sie ihrem alten Hobby wieder nach."

„Ich habe meine Strafe abgesessen. Menschen ändern sich. Was wollen Sie von mir?"

„Am dritten Mai wurden Sie dabei gesehen, wie Sie im Deano´s Emily Jensen angesprochen und mit ihr das Diner verlassen haben. Uns liegen Beweise vor, dass Sie Miss Jensen gegen ihren Willen gefangen gehalten haben. Weiterhin haben wir Grund zu der Annahme, dass Sie in den vergangenen vier Jahren mindestens drei weitere Mädchen entführt und ermordet haben."

„Dahinter steckt doch Stewart. Nicht wahr? Er belästigt mich seit der Sache mit seiner Frau. Das ist alles frei erfunden."

„Wie ich das sehe, ist es weitaus mehr, als eine Unterstellung, Mister Thompson." Officer Sifford rutschte weiter an den Tisch heran.

„Was haben Sie für Beweise?"

„Dazu kommen wir gleich. Wo waren Sie am dritten Mai gegen zehn Uhr?"

„Was soll das für eine Frage sein? Ich will einen Anwalt sprechen."

Sifford hob beide Hände. „Kein Problem. Sie müssen nicht mit mir reden. Aber wenn Sie mitarbeiten, könnte das Ihr Strafmaß reduzieren. Reue und Einsicht machen immer einen guten Eindruck vor dem Richter."

„Hören Sie, ich habe nichts getan."

„Wo waren Sie?", fragte Sifford erneut.

„Normalerweise arbeite ich um diese Zeit. Aber das Ganze muss ein Irrtum sein. Sie können mich nicht einfach festhalten."

Sifford kramte in seiner Aktentasche, wühlte darin, lehnte sich vor und ließ ein Foto über den Tisch gleiten. Darauf waren Füße im Durchgang seiner Küche zu sehen. Sie lagen auf dem Boden in einer Blutspur, die zum Wohnzimmer führte. „Das ist doch Ihr Haus?"

„Sie sind illegal in mein Haus eingedrungen? Das können Sie als Beweismittel vergessen." William wurde laut.

„Ich verspreche Ihnen, dass Sie für Ihre restlichen Tage weggesperrt und nie wieder das Licht der Sonne erblicken werden. Dafür sorge ich höchstpersönlich. Wir haben Sie schon länger im Visier, aber jetzt haben Sie einen Fehler zu viel gemacht. Damit kriegen wir Sie dran."

„Ohne meinen Anwalt sage ich überhaupt nichts mehr."

Sifford erhob sich. „Nehmen Sie sich Ihren Anwalt. Sie sind erledigt, Thompson."

-

William wurde in eine Einzelzelle gebracht, wo er schweigend auf der schmalen Pritsche saß, den Kopf in die Hände gestützt und keinen Laut von sich gab. Der ihm zugeteilte Anwalt besuchte ihn am folgenden Tag. Der Anzugträger stellte sich als Frank Derr vor. „Es sieht verdammt schlecht für Sie aus." Er setzte sich auf den einzigen Stuhl in der Zelle. „Ihr Gegner ist Albert Stewart. Wir treten gegen den mächtigsten Stab von Anwälten an, die es in unserem Land gibt. Nur der Präsident könnte da helfen."

Auf der Pritsche neben William stand eine halbvolle Blechschüssel mit Bohnen und Brei. Er kniff seine Augen zusammen. „Trauen Sie sich ernsthaft meine Strafverteidigung zu? Wenn ich mir Sie so ansehe, machen Sie sich doch jetzt schon in die Hose.

Wie wollen Sie mir da helfen?"

„Keine Sorge, Mister Thompson, ich werde mein Bestes geben. Aber wir müssen unsere Chancen realistisch sehen. Ich habe ein paar Dokumente gesehen, die ... nun sagen wir mal so, die ziemlich erdrückend sind. Wir werden uns auf einen Deal einlassen müssen. Dazu brauche ich Ihr volles Geständnis."

William strich sich durch den Bart. „Das ist Bullshit. Sie sind mein Anwalt, oder? Holen Sie mich gefälligst hier raus."

„Ich will offen mit Ihnen sein." Er beugte sich zu ihm vor und flüsterte: „Als Strafverteidiger ist es meine Pflicht, die beste Möglichkeit für Sie herauszuholen, aber ich habe nicht vor auf Freispruch zu plädieren. Wir können versuchen, Ihre Zurechnungsfähigkeit anzuzweifeln. Das erspart Ihnen im besten Fall den elektrischen Stuhl. Aber Sie werden das restliche Leben in einer Zwangsjacke verbringen."

„Was soll das werden? Ist das alles schon abgekartet? Hat Sie Stewart bezahlt?"

Mister Derr lehnte sich wieder zurück. „Natürlich nicht. Wo denken Sie hin? Wissen Sie, ich hatte in St. Louis mal eine Nichte. Sie wurde hinter ihrem eigenen Elternhaus von drei Männern vergewaltigt. Bedauerlicherweise hat sie das nicht überlebt. Ich muss zugeben, dass ich seitdem ein wenig voreingenommen gegenüber Vergewaltigern bin. Erwarten Sie also nicht zu viel von mir."

„Dann scheren Sie sich zum Teufel", schrie William und zeigte mit durchgestrecktem Arm zur Tür.

Derr lächelte und zog ein Schreiben aus der Innentasche seines Jacketts. „Unterschreiben Sie das, und sie sind mich los."

William nahm den Zettel, überflog die ersten Zeilen und schrie Derr an: „Was soll das sein?"

„Damit verzichten Sie generell auf einen Verteidiger. Sie sind dann auf sich alleine gestellt, Mister Thompson."

„Sorgen Sie dafür, dass ich auf Kaution rauskomme. Dann verteidige ich mich selbst." William warf ihm das Blatt zu.

„Grundsätzlich ginge das schon. Aber die Höhe der Kaution beträgt Fünfhunderttausend Dollar." Er fügte hinzu: „Aufgrund der Schwere des Verbrechens und der Gefahr, dass Sie untertauchen könnten."

„Dann will ich einen anderen Anwalt."

„Es gibt nur mich. Wenn Sie einen Anwalt gestellt bekommen, haben Sie keine freie Wahl. Entweder Sie beanspruchen meine Dienste oder Sie machen es selbst. Ganz einfach."

Das Gespräch und die Stimmung blieben angespannt. Derr machte sich zügig aus dem Staub und ließ William mit sich und dem Problem zurück.

In den folgenden zwei Wochen kam Frank Derr nur zweimal, um ein paar Fakten durchzugehen. Seine Strategie beließ er bei Unzurechnungsfähigkeit. Bis zur Verhandlung verweilte William in seiner Zelle im Dublin State Prison.

-

Wie erwartet führte Stewart selbst die Anklage vor Gericht. Er lieferte dem Richter und Geschworenen jede Menge Beweismaterial, Fotos, Rasierklingen, einen rostigen Rollstuhl mit Blutflecken daran und ein T-Shirt mit der Aufschrift *Bad Girl*.

Nach den Zeugenaussagen von Betty Parker, der Bedienung aus dem Deano's Diner, Frank Holt, Oberschwester Kimberley und Schwester Linda wurde Emily in den Zeugenstand gerufen.

Langsam rollte sie in den mit hellem Holz vertäfelten Gerichtssaal. Die meisten Bänke waren auf beiden Seiten besetzt und die Leute starrten sie reglos an.

Die Flaggen der Vereinigten Staaten und des Bundesstaates Georgia waren an die Wand hinter dem Hohen Gericht gepinnt. Dazwischen befand sich die schemenhafte Abbildung einer Landkarte.

Der Gerichtsdiener schob Emily bis in den Kreis zu einem Pult und richtete das Tischmikrophon aus. Dann legte er ihr die Bibel auf das schmale Board und sagte: „Schwören Sie, die Wahrheit zu sagen, die ganze Wahrheit und nichts anderes als die Wahrheit, so wahr Ihnen Gott helfe."

Emily legte ihre Hand auf die Bibel und sagte: „Ich schwöre."

Der Richter in seiner langen schwarzen Robe wandte sich an sie: „Wir wurden über die Umstände informiert und kennen Ihren derzeitigen Gesundheitszustand. Auf Anraten der Amtsärzte verzichten wir auf Einzelheiten zu dem Fall Jensen gegen Thompson. Jedoch möchte ich Sie bitten, sich ein paar Fragen wahrheitsgemäß zu stellen." Er zeigte auf Stewart und las von einem Zettel ab: „Stimmt es, und bestätigen Sie die Richtigkeit Ihrer Aussage, dass Sie folgendes in Gegenwart des anwesenden Albert Stewart geäußert haben: Mister William Thompson hat mir am sechzehnten Mai gegen einundzwanzig Uhr die Pulsschlagadern an beiden Händen mit einer Rasierklinge durchtrennt."

„Ja, aber ..."

„Danke, Miss Jensen. Sie müssen nicht weiter darauf eingehen. Das war es schon. Herr Derr, haben Sie noch Fragen an die Zeugin."

Der erhob sich und nickte.

„Halten Sie es bitte kurz und stellen Sie keine Fragen, die eine psychische Genesung von Frau Jensen beeinträchtigen könnten."

„Ja, Sir", sagte Frank Derr und wandte sich an Emily. „Sind Sie freiwillig zu Mister Thompson gegangen und ebenso freiwillig bei ihm geblieben?"

„Mister Stewart hat mir Geld für die Aussage gegeben."

„Bitte, Miss Jensen. Können Sie die Frage beantworten? Wurden Sie gegen Ihren Willen festgehalten?"

„Nein", sagte sie laut. „Ich habe vierzigtausend ..."

Stewart sprang von seinem Platz auf. „Einspruch, Euer Ehren. Diese Frage kann Miss Jensen in ihrer geistigen Verfassung unmöglich beantworten."

Der Richter sah streng zu Derr. „Worauf wollen Sie hinaus, Herr Anwalt? Wir kennen die Auswirkungen des Stockholm-Syndroms. Es ist der Sache nicht dienlich, an dieser Stelle die Fragen anzusetzen."

„Verzeihen Sie, verehrter Richter. Ich wollte nur ..." Er blickte zu William und winkte ab. „Nichts. Ich habe keine weiteren Fragen."

„Was?", entfuhr es William. „Sie kennt die Wahrheit. Wieso stellen Sie ihr nicht die richtigen Fragen?"

„Herr Derr", fuhr der Richter dazwischen. „Könnten Sie die Diskussion mit Ihrem Mandanten später führen? Ich habe um vierzehn Uhr die nächste Verhandlung. Mister Stewart, bitte beschränken Sie sich auf ein oder zwei Fragen. Es ist Ihre Zeugin." Der Richter zeigte auf Emily.

„Miss Emily Jensen. Es tut mir fürchterlich leid, Sie so sehen zu müssen. Sie haben etliche Narben, eine frische Wunde an der Stirn, sind blass und – bitte verzeihen Sie mir, dass ich so direkt bin – Sie sehen nicht besonders gesund aus. Sie haben in der vergangenen Zeit viel durchgemacht. Stimmt es, dass Sie von Mister Thompson über Monate hinweg und gegen Ihren Willen festgehalten wurden?"

„Nein!", schrie Emily aufgebracht. „Was soll das für ein Mist. Er hat mich gepflegt und hilft mir beim Training. Außerdem bezahlt er das Essen."

Der Richter sagte: „Herr Stewart. Haben Sie noch eine relevante Frage zu dem Mordversuch? Und bitte bedenken Sie den gesundheitlichen Zustand von Miss Jensen."

Stewart schüttelte den Kopf. „Nein, verehrtes Gericht. Ich habe keine weiteren Fragen." Er setzte sich.

„Miss Jensen, sie können jetzt den Saal verlassen."

„Er hat mich für die Aussage bezahlt", Emily zeigte auf Stewart, der sich sofort wieder erhob. „Es gibt eine einfache Erklärung dafür."

„Das ist nicht nötig. Gerichtsdiener, würden Sie bitte Miss Jensen hinausbegleiten?", sagte der Richter.

„William wollte mich nicht töten und er hat mich auch nicht entführt", schrie Emily und fuchtelte wild mit ihren Armen, während sie von einem Mann zum Ausgang geschoben wurde. Sie zog die Bremsen der Räder an, doch sie drehten sich weiter.

„Bitte setzen Sie sich, Herr Stewart. Mir liegt ein ausführliches Schreiben des ärztlichen Gutachters vor. Bis zu Ihrer Genesung werden wir auf Einzelheiten aus Rücksicht auf die Zeugin verzichten. Darüber hinaus ist die Beweislage erdrückend. Ich denke, wir benötigen keine weitere Aussage. Hiermit schließe ich die Verhandlung. Der Angeklagte hat das letzte Wort. Mister William Thompson, möchten Sie sich zu dem Fall äußern?"

William erhob sich, sah zu Stewart, den Geschworenen und zum Richter. „Mir ist es ein Rätsel, wie sie auch nur einen einzigen Beweis gegen mich gefunden haben. Ja, ich habe Emily Jensen zu mir nach Hause genommen. Aber es war zu ihrem Besten, um sie zu pflegen und ihr ein Heim zu bieten. Bei mir hat sie alle Freiheiten der Welt und für mich selbst ist sie inzwischen wie meine eigene Tochter geworden. Ich hätte ihr nie etwas antun können. Und Sie, Mister Derr ...", er sah zu seinem Anwalt herab. „Ich bin mir sicher, dass die Summe ziemlich hoch gewesen sein muss, um bei jedem Zeugen derart dämliche Fragen zu stellen."

Derr sprang auf. „Das muss ich mir nicht anhören. Nicht von Ihnen."

„Bitte setzen Sie sich, Herr Anwalt. Mister Thompson hat das Wort", sagte der Richter.

„Wie es aussieht, hat Mister Stewart gewonnen. Ich gratuliere Ihnen." William nickte ihm zu. „Das ist wieder einmal ein Sieg des Geldes vor der Gerechtigkeit. Ich bin unschuldig."

„Danke Mister Thompson", sagte der Richter. „Sie können Platz nehmen."

Die Verhandlung wurde unterbrochen, sodass sich die Geschworenen beraten konnten.

Bereits nach zehn Minuten kamen sie wieder in den Gerichtssaal zurück. Der Richter nahm seinen

Platz ein und die Anwesenden und Geschworenen setzten sich ebenfalls. „Sind Sie zu einem Urteil gekommen?", fragte der Richter.

Ein Mann mit lichten, grauen Haaren erhob sich und sagte: „Ja, Euer Ehren. Wir befinden den Angeklagten der Freiheitsberaubung von Emily Jensen und des versuchten Mordes ..." Er sah in die Gesichter der Leute im Gerichtssaal, dann wieder zum Richter. „... in allen Punkten für schuldig."

Erleichtertes Raunen ging durch den Saal.

„Des Weiteren befinden wir den Angeklagten für die Entführung und Freiheitsberaubung und des Mordes in mindestens drei weiteren Fällen für schuldig."

William schlug die Hände vor dem Gesicht zusammen. Er war fassungslos und blitzte mit zusammengekniffenen Augen zu Stewart. Der stützte sich stehend auf den Tisch und schmunzelte überaus zufrieden. Er bemerkte William und zwinkerte ihm lächelnd zu.

Erneut zog sich der Richter für ein paar Minuten zurück und kam mit dem Urteilsspruch wieder. Aufgrund Williams Vergangenheit und dem eindeutigen Urteil der Geschworenen wurde er zu lebenslanger Haft verurteilt.

„Die Verhandlung ist geschlossen", sagte der Richter und schlug mit dem kleinen Holzhammer auf die Platte.

Zwei Cops führten William in Handschellen aus dem Gerichtssaal. Vorbei an Fotografen ging es durch eine Menschentraube, in der auch Emily saß. Ihr Gesicht war tränenverschmiert.

„Es tut mir leid", rief sie mit bebenden Lippen und reckte ihre Hand zu ihm. „Ich bringe das in Ordnung. Versprochen."

„Kümmere dich um deine Gesundheit. Denke an dein tägliches Training und gieß das Orangenpflänzchen, bis ich wieder zurück bin."

Emily nickte, zog ihre Augenbrauen zusammen und schluchzte jämmerlich.

Umringt von Sicherheitskräften und Journalisten brachten sie William aus dem Gebäude.

Fünfzig-Dollar-Note

Die folgenden Wochen verbrachte Emily im Fairview Park Hospital. Immer wieder wollte sie weglaufen, um sich mit einem Anwalt zu treffen und gegen das Urteil Einspruch zu erheben. Aber jedes Mal wurde sie aufgehalten, bekam Beruhigungsmittel und eine Moralpredigt vom zuständigen Psychologen. Er wollte sie einfach nicht verstehen und hörte in den Gesprächen nie richtig zu, hatte Ausflüchte und irgendwelche Psychotricks auf Lager, die ihre Argumente übergingen.

Deprimiert und entkräftet fügte sie sich dem Willen der Ärzte und Justiz und hatte vor, den Einspruch zu verschieben, bis sie entlassen wurde. Natürlich musste sie William helfen. Dieses Mal würde sie ihn nicht einfach zurücklassen.

Nach einundzwanzig Tagen war es dann soweit. Ihr Weg führte sie direkt in die Franklin Street. Das Haus von Williams war vernagelt und polizeilich versiegelt. Emily hatte keine Möglichkeit dort hineinzukommen und musste nach Brewton, in ihr altes Abrisshaus in der Cleve Street zurück. Derzeit konnte sie William nicht helfen. Dafür fehlten ihr die entscheidenden Beziehungen, Kenntnisse und vermutlich auch das große Geld. Sie fand keine Möglichkeit oder einen Anwalt, der ihr helfen wollte. Spätestens bei dem Namen Stewart sagten alle ab.

Nach fünf Monaten war ihr Geld aufgebraucht. In dieser Zeit hatte sie viel Alkohol getrunken und etliche Partys mit angeblichen Freunden gefeiert. Sie wollte vergessen. Nein, sie musste vergessen, um ihr

Leben wieder in den Griff zu bekommen.

Doch nichts konnte den Schmerz für längere Zeit übertünchen. Wenn der kurzfristige Rausch davontrieb, sammelten sich wieder die alten Sorgen an der Oberfläche, die das Wohlbefinden kaschierten und das vermeintliche Glück überschatteten. Was blieb, waren das körperliche Leid und die Hoffnungslosigkeit.

Die Zeit zog ins Land und entführte einen Teil ihres Lebens.

An einem verregneten Morgen, es war kurz vor Thanksgiving, weckte sie ein Mann in dunklem Anzug. Schlaftrunken öffnete Emily ihre Augen. Sie lag auf einer staubigen Matratze und hatte die ausgefranste Steppdecke bis über den Mund gezogen. Neben ihr lag Unrat bis zur hinteren Ecke. Auf der anderen Seite befanden sich zwei verlassene Ruhelager. Ihr Kopfende war feucht und Emily sah zur Fensteröffnung, dorthin, wo die Glasscheibe fehlte, und zu den grauen Wolken, die gemächlich am Himmel vorüberzogen.

„Ma'am", sagte der Mann eindringlich. „Sind Sie Emily Jensen?"

Sie brummte leise und sah zu ihm. „Was machen Sie in meinem Haus?" Träge schlug sie die Decke zurück und gähnte. Ihre knappe Lederjacke war zerschlissen, die Haare schmutzig und die Haut fahl und eingefallen.

„Mister Dickenson hat eine Botschaft für Sie. Ich wurde beauftragt, Sie in sein Büro zu bringen."

„Was soll ich dort?" Flüchtig fuhr sie sich mit gespreizten Fingern durch die Haare.

„Das kann ich Ihnen nicht sagen. Ich weiß nur von einer Nachricht, die für Sie bestimmt ist." Er zeigte mit der flachen Hand zum Ausgang.

„Gibt es Frühstück bei Ihnen?"

„Das denke ich nicht. Dickenson ist Notar. Kommen Sie." Er ging bis zur Tür und wartete auf sie.

„Helfen Sie mir in den Rollstuhl", befahl sie und der Mann kam zurück, griff ihr unter die Schultern und bugsierte sie hinein. Er ging voran. Vor der Haustür verharrte Emily, blinzelte in die wärmende Sonne und gähnte. Ein schicker schwarzer Wagen stand glänzend vor dem Haus.

-

Das Büro des Notars war mit edlen Hölzern bis zu den hohen Decken ausgeschmückt. Emily saß in ihrem Rollstuhl an dem gewaltigen Tisch, spielte mit dem kleinen Fähnchen, das mit einem Marmorsockel verbunden war, und sah gelangweilt durch das große Fenster zu den vorüberziehenden Wolken. Es roch nach altem Tabak und verstaubten Möbeln.

Etliche Minuten ließen sie Emily warten. Dann kam eine Frau in feinem, dunkelblauem Dress herein. „Darf ich Ihnen einen Kaffee bringen?", fragte sie und zupfte sich am Ärmel.

„Ja. Gibt es auch etwas zu essen, Ma'am?"

„Ich werde nachsehen." Sie nickte vornehm und verließ den Raum.

Noch bevor der Kaffee kam, betrat ein fülliger, älterer Mann den Raum. Er trug einen teuren Anzug mit Weste und Krawatte und reichte Emily die Hand. „Ich bin sehr erfreut, Sie einmal persönlich kennenzulernen. Ich habe schon viel über Sie gehört. Geht es Ihnen gut?"

Sie schüttelten sich die Hände. Emily musste weit nach oben schauen. Dickenson war groß und stand viel zu dicht neben ihr. „Warum bin ich hier?"

Die Sekretärin mit dem blauen Dress kam mit einem Kaffee und einem Teller Kekse herein und stellte alles vor Emily auf den Tisch.

„Darf es etwas für Sie sein", fragte sie den Notar.

Der hob ablehnend die Hand und setzte sich Emily gegenüber an den großen Tisch. Die Sekretärin schloss die Tür von innen und nahm neben ihm Platz.

Ohne Umschweife begann Dickenson zu erzählen: „Ich habe davon gehört, dass Sie die Einladungen zu den großen Shows auf NBC und FOX abgelehnt haben. Das kann ich gut verstehen." Er nahm einen Kugelschreiber aus dem Stifthalter.

„Wollen Sie mich überreden, da hinzugehen?", fragte Emily verdutzt.

Deutlich schüttelte er den Kopf. „Nein. Ich wollte Ihnen nur meine Bewunderung ausdrücken. Deswegen sind Sie heute nicht mein Gast. Es geht um Mister Thompson. Haben Sie bereits erfahren, dass er vergangene Woche im Staatsgefängnis Atlanta verstorben ist?"

„William ist tot?" Emily machte große Augen und beugte sich zum Tisch vor. Spürbar lief ein Schauer durch ihren Körper und hinterließ eine Nebelwand um die Gedanken. Der Tod war so endgültig, und sie hatte William nicht geholfen oder sich ordentlich verabschieden können. Nun vermochte sie ihm nicht mehr zu sagen, welch anständiger Mann er war und wie dankbar sie für die letzten Wochen vor der Verhaftung war. Sie hatte es laufen lassen und nun war die Zeit verstrichen. Es gab kein Zurück und die

Umstände waren unumkehrbar und irreversibel.

„Ja, Miss Jensen, es tut mir aufrichtig leid", sagte Dickenson und holte Emily aus den Tiefen ihrer Gedanken und an den realen Tisch zurück.

„Wie ist es passiert?", fragte sie, und sprach dabei so leise und vielleicht auch mit schrägem Ton, als säße eine dicke Kröte in ihrem Hals oder ihre Ohren wären verstopft.

„Vermutlich sein schwaches Herz. Bisher konnten die Behörden nichts Abschließendes feststellen. Ich denke, die Ermittlungen werden in diesem Fall ins Leere laufen." Er hüstelte. „Jedenfalls bat mich Mister Thompson im Falle seines Ablebens, Ihnen dieses Schreiben zu übergeben." Er schob ihr einen schmalen Briefumschlag über den Tisch.

Emily wischte sich mit dem Handrücken über ein Auge und griff nach dem Umschlag. Dabei ließ sie Dickenson nicht aus den Augen, um eventuell weitere Details aus seiner Mimik entnehmen zu können. Dann öffnete Emily den Umschlag und sah hinein. Darin befand sich lediglich eine Fünfzig-Dollar-Note. Fragend sah sie Dickenson an und holte den Schein heraus.

„Was soll das für ein Scheiß? Sie holen mich wegen fünfzig Dollar aus dem Bett?"

„Das war sein Wille."

„Also war es das? Hat er nichts weiter gesagt?" Emily verstand den Sinn nicht, auch wenn sie die Geschichte um den Schein nicht vergessen hatte.

Dickenson schüttelte den Kopf. „Nur der Umschlag. Das ist alles."

Emily nahm sich einen Keks, rollte vom Tisch zurück, wendete den Rollstuhl und fuhr zur Tür. Sie zog daran, doch sie war schwer und ließ sich nicht problemlos aufziehen. „Kann mir mal jemand helfen?", fragte sie ungehalten.

Dickenson erhob sich, kam um den Tisch gelaufen und öffnete ihr lächelnd die Tür. „Ich wusste nicht, was in dem Umschlag steckt. Ich wünsche Ihnen einen angenehmen Tag, Miss Jensen."

Sie rollte über die Schwelle, blieb abrupt stehen und drehte sich nochmal um. Fünfzig Dollar, dachte sie und die Erinnerungen an das erste Treffen mit William wurden präsent. Damals hatte sie darauf verzichtet und auch jetzt hatte sich an ihrer Einstellung nichts geändert. Sie wiederholte die Worte von damals: „Behalte dein Geld." Abfällig warf sie den Schein zu Dickerson und rollte eilig den Flur herunter, Richtung Fahrstuhl.

„Bitte warten Sie, Miss Jensen", rief ihr Dickenson nach. „Für den Fall, dass Sie den Inhalt des Umschlages ablehnen, habe ich die Order, einen weiteren Briefumschlag in Ihrem Beisein zu öffnen."

Irritiert blieb Emily stehen und drehte sich um. „Was soll das werden? Wollen Sie mich ärgern?"

„Gewiss nicht, Miss Jensen. Folgen wir einfach dem Protokoll seines letzten Willens. Dürfte ich Sie noch einmal bitten, kurz in mein Büro zu kommen?"

„Falls Sie mir mehr Geld anbieten wollen, können Sie das gleich in Ihre Kaffeekasse stecken. Ich nehme kein Geld von Williams. Haben Sie das kapiert?" Emily schnaubte und rollte an Dickenson vorbei in den Raum zurück, ohne ihn eines Blickes zu würdigen.

Drinnen wartete sie, bis auch er sich gesetzt hatte. Sie verschränkte die Arme und beobachtete, wie er einen zweiten größeren Umschlag aus einer Mappe mit der Aufschrift William L. Thompson holte.

Besonnen öffnete Dickenson den Umschlag und zog ein mehrseitiges Schreiben heraus, welches er behutsam vor sich legte, als wäre es eine Botschaft von einer wichtigen Person oder ein Dokument, welches zerfallen könnte, wenn er es nicht behutsam behandeln würde.

„Das Notariat, vertreten durch Oliver Dickenson, wurde beauftragt, das Testament von William L. Thompson zu verlesen. Hiermit eröffne ich die in meiner Verwahrung befindlichen Verfügungen von Todes wegen. Gesetzliche Erben des Erblassers sind keine vorhanden." Er sah zu Emily auf.

Sie kniff die Augen zusammen, verschränkte die Arme und presste die Lippen aufeinander.

Er nickte ihr zu, räusperte sich und begann vorzulesen: „Ich, William Leonardo Thompson, vererbe das mir gehörende Drittel des Anwesens auf Angra do Heroísmo und mein eingefrorenes Vermögen von siebenunddreißig Komma vier Millionen Dollar Emily Jensen aus Brewton." Dickenson sah zu ihr auf.

„Millionen?", fragte sie ungläubig nach.

„Mister Thompson hat keine eigenen Nachkommen. Familienangehörige wurden weder durch ihn benannt, noch konnten sie gemäß unserer Recherche dokumentiert werden. Demnach wurden Sie, Miss Emily Jensen, als Alleinerbin für seinen Besitz eingetragen." Wieder sah Dickenson zu ihr auf. „Der Teil, den Thompson Ihnen überlassen möchte, wurde bislang durch ein Haussitterteam instandgehalten. Sämtliche Kosten wurden beglichen. Falls Sie daran interessiert sind, kann ich Ihnen die Daten vom Verwalter geben."

„Aha", sagte Emily und er hob die Hand.

„Lassen Sie sich für Ihre Entscheidung die Zeit, die Sie benötigen. Zunächst müssen Sie das Erbe annehmen oder ausschlagen. Immerhin handelt es sich um einen beträchtlichen Betrag, und dann haben Sie selbstverständlich die Möglichkeit, den Anteil Ihres Anwesens jederzeit zu veräußern."

„Okay", brachte sie nur hervor.

Dickenson blätterte um und las weiter: „Bei dem vorgenannten Teil des Anwesens handelt es sich um folgende Bestandteile: Der gesamte Nordflügel inklusive der Einrichtung, die obere Scheune, ein Nebengebäude mit Pool, Pumpenhaus und Reinigungstechnik sowie eine Pferdekoppel, ein Drittel des Parks und achtundzwanzig Quadratmeilen Land." Er sah zu ihr. „Das sind über siebentausend Hektar. Wollen Sie das Erbe annehmen?"

Sie zuckte mit den Schultern. „Wo wäre das Erbe gelandet, wenn ich die fünfzig Dollar genommen hätte?"

„Zu gleichen Teilen bei seinen Geschäftspartnern. Aber Sie haben das Geld nicht genommen. Für mich sah es wie eine Prüfung aus. Meinen Glückwunsch. Offenbar haben Sie bestanden."

„Wer hätte gedacht, dass William, der wie ein Rumtreiber aussah und in einer kargen Hütte hauste, so viel Geld besaß", stellte sie fest und konnte sich diese Tatsache nur schwer vorstellen.

Dickenson schob die Papiere über den Tisch und tippte darauf. „Sie müssen nur hier unterschreiben."

Emily zögerte, nahm den Stift und starrte auf die enorme Geldsumme. Dann lächelte sie und setzte ihre Unterschrift darunter.

-

Drei Wochen später hatte Emily Zugriff auf das Erbe und buchte den erstbesten Flug zu den Azoren ohne ein Rückflugticket zu nehmen. Die Zeit hatte sie mit regelmäßigem Training verbracht und eine Woche danach ging ihr Flug.

Mit einem Umweg über Lissabon und Nordela erreichte sie ihr Ziel nach siebzehn Stunden Flugzeit. Ihren kleinen Koffer hatte sie an die hintere Ablage des Rollstuhls gebunden und sie rollte ohne fremde Hilfe durch die Straßen von Agualva zum Natural Parcial hinauf, in dessen Nähe sich das Anwesen von William befinden sollte. Auf der letzten Strecke ging es über das weite Land und eine Wiese bis auf einen üppig blühenden Hügel. Von Weitem sah sie in das Tal und auf das Schloss herunter, welches sie auf einem Foto in der Bücherwand gesehen hatte. In der Realität sah das Anwesen viel größer aus. Die imposante Anlage war überaus gepflegt. In ihrem Verzücken erhob sich Emily aus dem Stuhl und merkte ihre zitternden Beine nur beiläufig. Mit offenem Mund und aufgerissenen Augen staunte sie und konnte ihr Glück kaum fassen. Und als sie begriffen hatte, dass sie auf den eigenen Beinen stand und ihr Leben einen neuen Weg eingeschlagen hatte, der reich gefüllt mit Träumen war und sich ihr mit einem Schlag eine hoffnungsvolle Zukunft darbot, kullerte eine dicke Träne ihre Wange herunter und befreite sie von der Last der trüben Vergangenheit.

Die Sonne blendete und der Himmel hinterlegte die Kulisse mit sanftem Blau und weißen Tupfen. Eine Windböe ließ ihre Haare zurückwehen und eine wunderschöne Blüte wehte vorüber. Dann folgte eine weitere Blüte und es wurden immer mehr, bis hunderttausend Orchideenblüten aus dem Tal über den Berg im Wind trieben, tanzten und ihr Erbe umrahmten. Sie schmückten ihr neues Leben mit den Farben der Hoffnung und Liebe und schufen den Durchgang zum persönlichen Glück.

Was ist das Ende?

Normalerweise wäre das der geeignete Zeitpunkt, um unter diese Geschichte ein „Ende" zu setzen. Aber manchmal sind die Gedanken verzerrt wie die Wirklichkeit selbst, und sie werden mit eingeschränkten Sinnen zu einem undurchdringlichen Nebel. Emily war sich nicht mehr sicher, ob sie es selbst war oder nur ihre Erinnerung, die Gedanken hinter den hohlen Augen eines Mädchens, das sie von früher her kannte und das ihr Geist beschützen musste. Um jeden Preis. Gleichwohl die Täuschung nur möglich war, wenn das Leid in den Sumpf der Trübnis zöge und die Umstände verschleierte, zur schweren Zeit, als sie selbst dabei war zu verfallen. Denn, was war besser, als im Schmerz zu verenden? Begraben von gräulichen Bildern, stumpfen Gefühlen und dem schmutzigen Blut ist der Geist in der Lage die Realität auf eine Weise zu verändern, die den Verstand zu täuschen und das Leben zu erhalten vermag.

-

Und das Bild mit der Idylle auf diesem Hügel, das Emily in sich aufnahm, begann vor ihren Augen zu zerfallen. Die wunderschönen Blütenblätter verharrten in der Luft, welkten und fielen herunter, bis alle vor ihren Füßen lagen und sich über den Weg, die ausgedehnte Wiese und bis hinauf zum Horizont verteilten. Unschöne Risse bildeten sich im Grün und quer über das Schloss und legten sich wie ein gefährlicher Krake darum, breiteten sich rasant nach allen Seiten aus und zerrissen den Himmel und die Wolken. Sie krochen weiter über das Land, überzogen die Wiesen so weit Emily sehen konnte, und zerschnitten die Bäume, und auch alles andere, was hier war, wurde zerrissen, bis der Himmel fast schwarz war. Dann bröckelten einzelne Stücke aus dem surrealen Bild heraus und stürzten grollend in die Tiefe. Die gelösten Teile rissen weitere Stücke heraus und krachten scheppernd auf den Boden, wo sie in schwarzem Staub zerfielen. Ohrenbetäubende Geräusche, wie beim Ausbruch eines Vulkanes oder bei einstürzenden Gebäuden im Orkan, untermalten das grausige Bild, und die Erde unter ihren Füßen begann zu vibrieren. Die reine Luft verschwand und der Wind brachte den Gestank von totem Fleisch und einem feuchten Keller. Staub und Sand malträtierten Emily und schmerzten in den Augen und knirschten unangenehm zwischen den Zähnen.

Immer mehr Teile lösten sich gleichzeitig aus dem Bild und immer schneller fiel die Welt vor ihren Augen in sich zusammen. Hinter den herausgebrochenen Stücken glitzerten winzige grelle Sternchen aus einer bedrohlichen Finsternis. Die Sterne waren in Bewegung und blendeten Emily hin und wieder.

Ihr Herz hielt inne und sie wusste, dass es ihr Ende war, und sie sah zu einem weiteren gigantischen Stück empor, welches sich grollend aus dem Himmel löste. Dann brach das Schloss entzwei. Zuerst rutschte der hintere Teil herab und schlug mit machtvoller Staubwolke krachend ins Nichts und hinterließ – wie alle anderen Teile zuvor – einen schwarzen Fleck in der Welt.

Aus den glitzernden Punkten und den vorbeiziehenden Linien über dem tiefen Schwarz bildeten sich Formen und Strukturen, die sich auflösten, bevor sie gänzlich zu erkennen waren. Es blieb das Gefühl etwas wiederzuerkennen, genau zu wissen, was es war, ohne den Hauch des Greifbaren und ohne den Augenblick halten zu können, gleich den Sekunden nach dem Traum, in denen die Ereignisse klar sind und mit dem flüchtigen Hauch der Zeit beim Aufwachen auseinanderstoben.

Zweifelsohne verbarg sich hinter der Fassade die ungeschönte Wahrheit. Und in diesem Augenblick erkannte sie es: Die Schönheit hatte sich einzig aus den Gedanken hinter den hohlen Augen eines verloren gegangenen Mädchens gebildet. Mehr gab es nicht.

Was blieb

Beim Umschalten auf die nächste Minute klackte der große Zeiger der Wanduhr. Die dünne Sportjacke des beleibten rothaarigen Mannes, der um die Fünfundzwanzig sein musste, war durchweicht. Zahlreiche Wassertropfen hatten sich auf den schmalen Tresen gelegt. Und er stützte sich gelangweilt ab. Seth wartete auf den Cop und sah durch das Fensterglas der Eingangstür zur Straße auf den Sprühregen. Es war einer dieser unangenehmen Niederschläge, die heimlich anfingen und scheinbar nie mehr aufhören wollten.

Eine flackernde Neonröhre brachte unruhiges Licht und leises ungleichmäßiges Knacken in die Polizeistation.

„Sir", sagte der Cop mit dem Blankoformular in der Hand. „Welche Marke hatte Ihr Smartphone?"

„Das habe ich doch gerade Ihrer Kollegin erzählt." Seth beugte sich etwas über den Tresen. „Es ist ein Meizu Pro mit vierundsechzig Gigabyte und einem zweiten kleinen Display auf der Rückseite." Angespannt beobachtete er, wie der Cop die Daten in die entsprechende Zeile schrieb.

„Können Sie Angaben zu der Person machen, die Ihnen das Handy gestohlen hat?"

„Klar, Officer. Sie war klein, ..." Er zeigte die geschätzte Größe mit ausgestreckter Hand auf Schulterhöhe. „...ungefähr so, zierlich und sie hatte lange rote Haare, ziemlich knappe Hotpants und eine schwarze Lederjacke. Das Miststück war geschickt. Die hat das bestimmt nicht zum ersten Mal gemacht.

Ich habe sie auf die Tanzfläche laufen sehen, als ich bemerkte, dass sie es geklaut hatte. Aber sie war weg. Ich habe im ganzen Club nach ihr gesucht. Vermutlich hatte sie, was sie wollte." Lapidar wischte Seth durch die Luft und fluchte leise vor sich hin.

„War sie etwa eins-fünfundfünfzig groß?", fragte der Cop und schrieb etwas in das Formular.

Seth dachte an die zurückliegende Nacht und nickte. „Kommt in etwa hin."

„Warten Sie kurz." Der Cop erhob sich. Die Sitzfläche seines Bürostuhls fuhr leicht zischend nach oben. Er ging zwei Schreibtische weiter, wo ein anderer Officer scheinbar eine Prostituierte verhörte, neben der Seth einige Minuten im Wartebereich verbracht hatte.

Der Cop beugte sich zu seinem Kollegen, nahm einige Papiere vom Tisch und zeigte in Seths Richtung. Nervös strich sich Seth durch die störrischen Haare. Der Cop kam zurück und legte ihm ein Foto vor.

„Ist das die junge Frau, die das Smartphone gestohlen hat?"

Seth nahm das Foto in die Hand, betrachtete das schmale Gesicht mit ihren großen Augen und den vollen Lippen. Auf dem Foto sah sie jünger aus.

„Ja, Sir", sagte er staunend. „Das ist das Mädchen. Genau die war es. Ich bin mir absolut sicher."

„Sie ist uns bekannt. Gestern kam ihre Vermisstenmeldung rein. Kommen Sie mit. Ich übergebe Sie Officer Nixon, der den Fall bearbeitet. Vielleicht finden wir eine Verbindung."

Sie gingen zu dem korpulenten Bartträger am hinteren Schreibtisch. Ihm gegenüber saß Betty.

„Das ist Mister Seth Stender. Er ist Emily Jensen

am Tag vor ihrem Verschwinden begegnet", sagte der Cop, nickte und ließ Seth bei dem Kollegen stehen.

„Wir sind gleich fertig. Bitte nehmen Sie Platz", sagte Nixon und sah ihn nach einer Weile an. „Stender, richtig?", fragte er, und Seth bestätigte das mit kurzem Nicken.

„Dann erzählen Sie mal woher Sie Miss Jensen kennen."

„Ich kenne sie nicht. Ja, es kann sein, dass ich sie irgendwo in Dublin gesehen habe, aber an diesem Abend hat sie mich im Pub angesprochen. Sie wollte einen Drink von mir spendiert haben. Ich hätte gleich wissen müssen, dass Sie es nur auf mein Handy abgesehen hatte."

Der Cop schrieb mit.

„Ich war nur für eine Sekunde abgelenkt."

„Woher wissen Sie, dass Miss Jensen ihr Smartphone genommen hat?"

„Genau! Woher willst du das wissen?", zischte Betty dazwischen.

Seth sah sie von der Seite an und der Cop stellte seine Hand zu ihr auf. „Bitte, Miss Parker. Ich stelle die Fragen. Sie können sich gerne später dazu äußern."

„Ich weiß es halt. Sonst war niemand in der Nähe. Außerdem hatte sie es plötzlich ziemlich eilig."

Der Cop wandte sich wieder an Betty. „Wann haben Sie Emily Jensen das letzte Mal gesehen?"

„Das war vorgestern, dem Tag nach der Party. Ich war gemeinsam mit Tina, einer Freundin, auf dem Weg zur Uni. Wir hatten etwas Zeit und haben bei Deano´s eine Frühstückspause eingelegt."

„Erzählen Sie mir alles, was Ihnen dazu einfällt."

Betty rutschte auf ihrem Stuhl zurück und verschränkte die Arme. „Emily war wie immer: witzig, aufgeschlossen und pleite. Der Morgen war besonders warm, ich habe an die Prüfung gedacht und wie wir in der Vorlesung an der großen Fensterfront sitzen würden."

„Bitte Miss Parker, konzentrieren Sie sich auf die relevanten Dinge", fuhr der Cop dazwischen.

Betty nickte und hüstelte. „Da war dieser Geldschein mit der besonderen Seriennummer. Sie hat eine Orchideenblüte ..."

„Bitte, Frau Parker. Erzählen Sie mir von ihrer letzten Begegnung", sagte der Cop und sie blinzelte aufgeregt und holte tief Luft. Dann begann sie zu erzählen und schilderte den Morgen im Diner.

-

Frischer Kaffeeduft begrüßte Betty im Deano´s Diner. Eine Kühlvitrine, die mit leckeren Torten üppig bestückt war, summte leise vor sich hin. Betty setzte sich mit Tina an einen Vier-Personen-Tisch an die große Fensterfront. Zwei ältere Damen saßen ein paar Tische weiter. Ein Farmer aus East Laurens trank ein Bier an der Bar. An der Decke drehte der alte Holzventilator langsam und unermüdlich seine Runden.

Betty und Tina bestellten sich Eier mit Speck und tranken Cola und Kaffee. Emily hatte weder Hunger noch Geld. Dafür kannte sie aber die besten Witze. Als es zum Bezahlen kam, war sie die Einzige, die noch zehn Dollar hatte. Tina riss ihr einen der beiden geknüllten Scheine aus der Hand und strich ihn vor sich glatt.

„Die Seriennummer enthält siebenmal die Sieben. Das ist ein verdammter Glücksschein. Den darfst du nicht ausgeben. Wenn du ihn behältst, wird er dein Geld in Windeseile vermehren. Und wenn du ihn ausgibst, bringt er dir so lange Pech, bis er wieder zu dir zurückkommt. Du musst echt darauf aufpassen."

Betty stimmte mit ein: „Damit ist nicht zu spaßen." Sie prustete los.

Emily fügte sich den beiden, markierte den Schein mit einer Orchideenblüte in der unteren Ecke und steckte ihn wieder ein. Tina war als Erste verschwunden, dann verdrückte sich Betty aus dem Diner, um nicht bezahlen zu müssen. Derweil wartete Emily auf den geeigneten Moment, bis die Bedienung im hinteren Teil des Diners verschwand und der Koch außer Sicht war. Betty beobachtete das Treiben vom Parkplatz aus. Sie hatte sich hinter einem Auto in der Nähe des Eingangs versteckt und winkte Emily zu. Irgendwie hatte der Koch, mit seiner weißen schmuddeligen Schürze, etwas mitbekommen, denn er stellte sich Emily vor dem Ausgang in den Weg und verhinderte ihre Flucht.

Die Stimme des Kochs war laut genug, so dass Betty sie hören konnte. „Die jungen Damen haben offensichtlich eine Kleinigkeit vergessen." Er fuchtelte mit seinen Händen vor ihrem Gesicht herum.

Emily sagte irgendetwas und versuchte die verführerische Nummer mit ihrem niedlichen Augenaufschlag.

„Zuerst das Geld." Der Koch sprang nicht auf Emily an und behielt seine fordernde Haltung mit verschränkten Armen bei. Emily kramte in ihrer Jacke, zog die beiden Fünf-Dollar-Noten heraus und gab sie ihm.

„Zehn Dollar?", sagte er harsch. „Wenn du nichts weiter dabei hast, wirst du den ganzen Tag in der Küche abwaschen. Hast du das verstanden?" Mit seiner großen Hand umfasste er ihren zarten Arm.

„Gibt es ein Problem?" Ein älterer Mann, der gerade das Diner betrat, mischte sich ein. Mit seinen drei Jacken übereinander, seinem ungepflegten Bart und der ausgewaschenen Kleidung wirkte er wie ein Landstreicher.

Durch ein vorbeifahrendes Auto verlor Betty die drei aus den Augen. Aber sie konnte noch sehen, wie der alte Mann dem Koch Geld überreichte.

Als das Auto die Sicht wieder freigab, standen Emily und der alte Mann vor dem Diner. Seine Augenbrauen waren buschig und er kaute ständig auf der Unterlippe.

Sie gingen zusammen fort. Betty sah ihnen einen Augenblick hinterher und rannte zur Uni.

-

„Das war das letzte Mal, dass ich sie gesehen habe, Officer", sagte Betty.

„Vielen Dank. Fällt Ihnen noch etwas dazu ein?" Er schob seine Visitenkarte über den Tisch und sie schüttelte den Kopf.

„Sie können mich gerne kontaktieren."

Gemeinsam verließen Betty und Seth das Department. Er hatte einen Regenschirm dabei, den er aufspannte und ihn über ihren Kopf hielt. Er sagte: „Möglicherweise kenne ich diesen Penner, von dem du gerade erzählt hast."

„Was?" Sie blieb stehen. „Wieso hast du das nicht dem Cop gesagt? Ich mache mir wirklich Sorgen um

Emily."

„Erstmal bin ich mir nicht sicher, ob er es ist. Und dann habe ich noch eine Rechnung mit ihm offen und kann zunächst keine Bullen dabei gebrauchen."

„Wer ist es? Vielleicht weiß er, wo Emily hingegangen ist", sagte Betty mit großen Augen.

„Ich kenne seinen Namen nicht, aber er wohnt irgendwo in der Franklin Street", erwiderte Seth und zeigte grob in die Richtung.

„Was hast du mit dem Kerl für Geschäfte gemacht?"

„Ich habe ihm etwas verkauft und er schuldet mir Geld." Seth war genervt von der Sache.

„Interessant."

„Ich habe in den letzten Tagen etwas recherchiert und mein Kumpel will herausgefunden haben, dass er in einem schäbigen Haus abseits der Straße wohnt. Ich wollte ohnehin heute Nachmittag dort vorbei. Wenn du willst, kannst du mitkommen."

„Nein, ich sehe mir das gleich an."

Seth nickte. „Wie du meinst. Falls du ihn siehst, sag ihm, dass ich komme und ..." Er schüttelte den Kopf und winkte ab. „Vergiss es. Ich regle das alleine. Hast du Lust auf einen Kaffee?"

Betty musste grinsen, unterdrückte es aber schnell und sagte nüchtern: „Das geht nicht, ich treffe mich gleich mit einer Freundin. Wie wäre es morgen nach meiner Vorlesung?"

Seth lächelte. „Also gut. Morgen im Deano´s? Sagen wir zwei Uhr?" Er begriff sofort, was er vorgeschlagen hatte und ergänzte: „Kannst du dich dort noch sehen lassen, nachdem, was ich gehört habe? Alternativ gibt es das Café im Park. Wie wäre es damit?"

„Vielleicht hast du recht. Machs gut, Seth. Wir sehen uns also morgen um zwei." Schwungvoll drehte sie sich auf dem Absatz um.

„Ich freue mich darauf. Bis dann Betty." Er ging ein paar Schritte, blieb stehen und rief ihr nach: „Warte!"

Sie sah zurück.

Seth hielt ihr seinen Regenschirm entgegen. „Nimm ihn. Du kannst ihn mir morgen zurückgeben."

Einseitig lächelnd nahm sie ihn, telefonierte und verschwand eilends in die Moore Street.

-

Tina wartete am Eingang der Franklin Street auf Betty. Es fühlte sich gut an, aktiv etwas für Emily zu unternehmen.

Der Regen hatte aufgehört und die Sonne kam wieder durch. Tina lief die Straße herunter, sah sich die Vorgärten und Häuser an, wartete und sah immer wieder in beide Richtungen. Dann entdeckte sie ein kleines, zurückgesetztes Haus hinter Büschen. Der Garten war ungepflegt, der Weg zugewachsen und das Haus baufällig. Das dunkle Holz der Hauswand und der Terrasse waren verwittert und das Dach hatte lose und fehlende Ziegel. Die Fensterläden waren zugenagelt. Das Grundstück wirkte verlassen und schmucklos wie ein Abrisshaus. Vergessen und unerwünscht.

Tina betrat das Grundstück, wich dem ausladenden Busch aus, dessen Äste über den Weg hingen und sah sich das Haus aus der Nähe an. Die beiden Holzstufen gaben unter ihren Füßen nach und knarrten bedenklich. Auf der Terrasse war es ähnlich. Die Bohlen waren teils lose oder gebrochen und allesamt stark verwittert. Nichts deutete auf ein bewohntes Haus hin. Doch Seth hatte von einem alten Haus gesprochen und das war das einzige in der Straße, welches infrage kam. Da es keine Klingel gab, klopfte sie zweimal und wartete.

Ein Ford Taunus fuhr langsam die Franklin Street hinauf, als kannte er sich in der Gegend nicht aus. Tina sah ihm nach, bis sie ihn aus den Augen verloren hatte, und wandte sich wieder der Tür zu. Nochmals klopfte sie gegen den Rahmen der zerrissenen Fliegengittertür, zog das wackelige Ding auf und griff an den Türknauf.

Die Tür, deren weiße Farbe fast vollständig abgeblättert war, wackelte in der Halterung. Sie war nicht verschlossen und ließ sich leicht nach innen drücken. Bevor sie eintrat, sah sie noch einmal zur Straße zurück. Gemeinsam mit Betty wäre es ihr leichter gefallen, den alten Mann zu suchen und in die Dunkelheit hinein zu gehen. Aber sie war neugierig und konnte zumindest schon mal einen Blick hineinwerfen. Tina spürte die Kälte im Haus, die feuchte und abgestandene Luft. Zwischen den Brettern vor den Fenstern schien die Sonne hindurch und zeichnete helle Streifen in den Raum, die reglosen Staub in der Luft zeigten.

Plötzlich knarrte eine Tür hinten im Haus, Tina trat erschrocken zurück und berührte das klapprige Fliegengitter, was es mit seichter Vibration und feiner Staubwolke quittierte.

„Kann ich Ihnen helfen, Ma'am?" Die tiefe, schmucklose Stimme eines alten Mannes war zu hören.

Tina fasste sich an die Brust. „Ich ...", stotterte sie. „Haben Sie mich aber erschreckt."

„Was wollen Sie hier?"

„Ich ..." Noch immer hatte Tina die Contenance nicht zurückerlangt.

„Was wollen Sie hier?"

Noch immer verbarg sich der Mann in der Dunkelheit. Aber Tina konnte die Dielen knarzen hören. Kam er nach vorn?

„Ich wollte nur etwas fragen." Sie trat einen Schritt zurück.

„Möchten Sie eintreten?"

Hektisch wedelte Tina mit einer Hand. „Nein!", entfuhr es ihr eine Spur zu laut und sie fügte sanfter hinzu: „Ich warte auf jemanden."

„Selbstverständlich. Sie können mir doch sicher erzählen, um was es sich bei dieser Angelegenheit handelt." Er trat in das einfallende Sonnenlicht, welches die Hälfte seines Gesichtes zeigte. Er hatte ungepflegte Bartstoppeln, buschige Augenbrauen und eine hohe Stirn.

„Wir suchen Emily."

„Wer soll das sein?", fragte er und schob das Fliegengitter weit auf.

„Sie haben ihr im Diner mit dem nötigen Kleingeld ausgeholfen", versuchte Tina ihm auf die Sprünge zu helfen.

William trat auf die Terrasse heraus. Seine Kleidung war schäbig, die Jacke zerrissen und die viel zu weite Stoffhose schmutzig.

„Welcher Diner?"

„Deano´s. Erinnern Sie sich nicht? Vor drei Tagen? Sie sind mit ihr weggegangen."

„Wer sagt das?"

William kam Tina zu nah, sie wich zurück und stieß mit dem Po gegen das Geländer. Zum Glück drängte er sie nicht weiter.

„Ich. Ich bin ihre Freundin und habe Sie im Diner gesehen, als Sie mit dem Koch gesprochen haben."

„Wie sieht das Mädchen aus?" Er verschränkte die Arme.

„Emily ist recht klein und zierlich, hat rote Haare und ist ungefähr in meinem Alter. Wissen Sie vielleicht wohin Sie wollte, Mister?"

William wies Tina zur klapprigen Holzbank, ging dort hin und setzte sich. Er klopfte neben sich auf das verwitterte Holz und sagte: „Nehmen Sie doch einen Augenblick Platz." Er blickte in den Garten. „Natürlich erinnere ich mich an das Mädchen. Emily hieß sie also. Sie half mir ein wenig bei den Umzugskartons. Das Mädchen war wirklich fleißig. Ohne ihre Unterstützung hätte ich es wahrscheinlich bis heute nicht geschafft, ein wenig Ordnung in das Chaos zu bringen." Jetzt sah er Tina in die Augen. „Ich muss noch einiges erledigen, bis das Haus wohnlich wird. Die Lage ist gut und es ist schön ruhig in der Gegend. Keine schreienden Kinder oder kläffende Köter. Außerdem ist es nicht all zu weit von der City entfernt und das Wäldchen ist gleich hinter dem Haus. Wissen Sie, ich mag die Natur."

„Ich auch, Mister." Angespannt drehte sich Tina zur Straße um. Wo blieb Betty nur?

„Also, wissen Sie etwas über Emily? Wissen Sie vielleicht, wo sie nach dem Job hier hingegangen sein könnte?"

William schüttelte den Kopf. „Hab sie nicht danach gefragt."

„Okay. Vielen Dank. Ich will Sie dann nicht weiter

stören, Sir."

William erhob sich und schlurfte zur Tür. Tina war froh hier wegzukommen und ging die Stufen hinunter.

„Warten Sie einen Augenblick", sagte er. „Wenn Sie Ihre Freundin sehen, richten Sie ihr bitte aus, dass sie etwas liegen gelassen hat."

„Was denn?" Er hatte ihre ganze Aufmerksamkeit.

„Ihr Handy. Ihr Handy liegt auf meinem Küchentisch." Er strich sich durch den Bart. „Ach, sagen Sie Miss, könnten Sie nicht ...?" William überlegte kurz. „Ich meine, wenn Sie schon einmal hier sind ... Könnten Sie es vielleicht gleich mitnehmen?"

„Kann ich machen."

„Warten Sie kurz. Ich hole rasch das Gerät." William verschwand in der Dunkelheit des Hauses und das Fliegengitter klappte automatisch zu, knallte gegen den Türrahmen und wippte ein wenig nach. Feiner Staub wirbelte auf.

Nervlich angespannt drehte sich Tina wieder zur Straße um und sah nach Betty. Dann lugte sie vorsichtig ins Haus. Drinnen tat sich nichts mehr. Sie äugte herein, zog mit dem Zeigefinger das Fliegengitter auf und trat vorsichtig ein. William war außer Sichtweite und nicht zu hören.

„Hallo, Mister?", rief sie ins Haus und lauschte.

Das einfallende Licht ließen sie eine alte Bücherwand, ein breites Sofa und einen flachen Tisch erkennen. Es war eines dieser typisch amerikanischen Häuser, bei dem das Wohnzimmer direkt der erste Raum beim Betreten war. Im hinteren Bereich schloss sich die Küche an und daneben führte eine Treppe mit verspieltem Geländer ins Obergeschoss.

Tina sah sich weiter um, machte nur kleine Schritte und lauschte aufmerksam. Ein verstaubtes Orangenbäumchen und eine Gießkanne aus Blech standen unterhalb des Fensters neben der Tür. Die wenigen Möbel waren alt, die Stühle am Esstisch durchgesessen und die Couch fleckig. Es fehlte an jeglichem schmückenden Beiwerk und den Kleinigkeiten, die eine Wohnung individuell und gemütlich machten.

Drei Jacken hingen ineinandergesteckt an einem rustikalen Garderobenständer hinter der Tür.

„Wollen Sie Limonade?"

Tina zuckte zusammen. Williams Stimme kam aus der Küche, er musste sie bemerkt haben.

„Setzen Sie sich eine Minute. Ich bin gleich bei Ihnen", rief er aus der Dunkelheit.

Ihr klopfte wild das Herz.

„Nein danke, Mister. Ich will gleich los."

Wieder kehrte Ruhe ein. Sie hörte weder Schritte noch Klappern und hatte Mühe sich in der Dunkelheit zurechtzufinden, ging um das Sofa herum und nahm ein Bild von der Kommode. Sie hielt es in das einfallende Licht und erkannte unter dem Staub William als jungen Mann. Er posierte vor einem wunderschönen kleinen Schloss auf einer ausschweifenden Wiese und trug einen schwarzen Rollkragenpullover, war schlank und hatte lange, wilde Haare.

Sie hörte Schritte und erkannte seine Bewegung in der Küche. Da kam er mit zwei gefüllten Gläsern zurück und hielt ihr eins davon entgegen.

„Trinken Sie."

Anstandshalber nahm sie das Glas und bedankte sich. „Wie lange hat Emily bei Ihnen gearbeitet?"

Er brummte, trank einen Schluck und brauchte eine gefühlte Ewigkeit, um zu antworten. „Sie ist gegen Mittag gegangen." Wieder trank er, ging zur Haustür, schloss sie und goss das Orangenbäumchen. „Das müssen etwa drei Stunden gewesen sein. In dieser Zeit brachten wir die meisten Kisten nach oben oder in den Keller und füllten die Bücherwand." Er wirkte stolz, so wie er das sagte, und zeigte darauf. „Emily meinte, es fehlt ein wenig Dekoration. Was sagen Sie dazu? Ich finde es gemütlicher, wenn es nicht so überladen ist." Er stellte die Gießkanne auf den Boden.

„Jeder, wie er mag. Ich muss jetzt wirklich gehen, Mister. Haben Sie das Handy?" Eine innere Anspannung verstärkte ihr mulmiges Gefühl. Hier wollte sie nicht sein. Nicht in dem dunklen Haus, und nicht bei diesem kauzigen Mann.

„Ach herrje", er griff sich an die Stirn. „Jetzt habe ich doch glatt vergessen, was ich wollte. Bitte holen Sie es sich selbst. Es liegt im unteren Fach. Ich komme mit dem Rücken nicht so gut runter." William zeigte zur Kommode.

„Aber ..." Tina zögerte. „Es sollte in der Küche sein."

„Nein, nein. Es liegt in der Kommode. Ziehen Sie das untere Schubfach auf. Da ist es gleich obenauf." Seine Stimme war schwunglos und zitterte leicht.

Tina stellte ihr Glas auf dem Couchtisch ab und ging zu dem Schränkchen hinüber. Sie ließ William nicht aus den Augen.

Rhythmisches, langsames Tropfen und eine zarte Melodie bildeten die Geräuschkulisse in der finstern Stille. Davon ließ sich Tina ablenken und hörte Wehklagen wie verzweifelte Rufe in weiter Ferne. Es war, als klagten die Rohrleitungen im Haus, um mit heller Stimme, trübsinnig und verletzlich über fragwürdige

Geheimnisse zu plaudern. Auf irgendeine Weise war diese Stimme Tina vertraut, fast wie ein Kinderlied oder ein längst vergessener Reim, der sich in den hinteren Gassen ihrer Erinnerung vergraben hatte und in ihr Bewusstsein drängte. Aber nein. Es war weit mehr als eine bloße Erinnerung. Das war Emily.

Erregt riss Tina die Augen auf und begriff, was hier geschah. Noch mit der Hand am Knauf der Kommode schnellte ihr Kopf herum und sie registrierte William, der mit erhobener Hand eine schwere Schneekugel hielt. Dann hämmerte die Kugel auf ihre Stirn, und Tina verlor das Bewusstsein.

-

Es war der siebzehnte Juli des folgenden Jahres, als die Cops William Thompson in Logan in einem alten Fabrikgebäude aufspürten. Sie fanden Emily hinter einer massiven Holztür. Ein schäbiges Bett, ein Waschbecken, eine Toilette ... Abfall, Unrat, Stofffetzen und Erde waren in den Ecken aufgetürmt. Die Luft war verbraucht, stickig und es roch süßlich mit einer Note Lavendel und Tod.

Emily war abgemagert, die Haut grauweiß, die Haare lang, zottelig und ungepflegt. Ihre Kleidung bestand aus Fetzen, die ihre Farbe verloren hatten. Schuhe besaß sie keine. Etliche Wunden und fast verheilte Narben überzogen ihren kleinen Körper, sie war schmutzig und ausgelaugt - dem Tode nahe.

Sie saß in einem alten Rollstuhl, war unfähig, sich zu bewegen, und starrte emotionslos durch die Helfer hindurch, als wäre ihr Gehirn abgeschaltet. Zu diesem Zeitpunkt konnte niemand sagen, ob sie jemals in die Realität zurückfinden würde.

Noch im Krankenwagen löste Emily den Ring mit dem weißen Stein von ihrem Finger, ihr Arm fiel auf die Trage und der Ring rollte aus ihrer Hand, klackte gegen das Bettgestell, sprang auf den Boden und davon. Jetzt fühlte sie sich befreit, als hätte er sich über die Zeit immer tiefer in ihr Fleisch geschnitten.

-

In Williams altem Haus fanden die Cops eine blutbeschmierte Schneekugel, die einst der siebzehnjährigen Catherine Saldana gehörte sowie eine Halskette mit Bärchen daran, die sie Linda Barrett zuordneten. Unzählige Schmuckstücke, ein kleiner Teddy und eine Haarspange gehörten weiteren vermissten Mädchen der vergangenen Jahre. Die Beweislage war erdrückend, und so wurde William Thompson in einem Schnellverfahren des mehrfachen Mordes, Entführung und Freiheitsberaubung angeklagt und zu zehnmal lebenslänglich verurteilt.

Neunzehn Jahre später

Unmittelbar nach einem langen Krankenhausaufenthalt trieb eine unsichtbare Kraft Emily von Dublin und ihrer Vergangenheit davon. Sie landete eintausendfünfhundert Meilen entfernt in Minnesota in der Nähe des Red Lake Naturale Parks. Fernab anderer Häuser und Menschen führte sie seither ein zurückgezogenes Leben, hatte ihre Schule nachgeholt und vier Jahre später einen Onlinehandel gegründet. Daraus erwuchs die *Beauty and Health Farm*, bei der sie mit den heute achtundzwanzig Filialen in sieben Bundesstaaten die Geschäftsleitung übernahm.

Mit Ausdauer, Überwindung und Ehrgeiz lernte sie nach knapp drei Jahren wieder zu laufen, und heute brauchte sie lediglich einen Gehstock, wenn sie auf der eigenen Farm oder den langen Wegen zu den Meetings in Peoria und North Platte unterwegs war.

Über die Jahre hielt sie sich von Tee und Angel Cake fern und machte einen weiten Bogen um die Männer. Partys und Menschenansammlungen gehörten längst nicht mehr zu ihrem Leben. Aber die Angstzustände, die sie in den ersten Jahren nach der Gefangenschaft beherrschten, waren weitestgehend verflogen. Emily war ausgeglichen und zufrieden mit sich, ihren neuen Freunden und dem Leben. Besonders genoss sie die Natur, die Sonne und den Wind. Wenn sie morgens die Augen öffnete und das erste Licht des Tages durch das Fenster fiel, zauberte es ihr ein Lächeln auf die Lippen und schenkte ihr die Vorfreude für den neuen Tag. Sie liebte den frischen Tau am Morgen, das Zirpen der Zikaden, den Duft der

Gartenkräuter und den von warmem Brot im Backofen.

Das Leben ging weiter. Emily hatte ihren alten Weg weit hinter sich gelassen und eine neue Zukunft gefunden.

-

An einem lauen Frühlingsmorgen, an dem die Sonne die erste spürbare Wärme nach dem langen Winter auf das Land schickte, war Emily gerade dabei hinter dem Haus die jungen Clematis und Akelei in die Töpfe zu setzen. Es sollte der Tag werden, an dem sie das erste Mal über ihre Vergangenheit und die schlimmste Zeit in ihrem Leben reden würde.

Aber der Reihe nach.

Das helle flache Haus besaß eine Terrasse mit schneeweißem Geländer und gewaltigen Fenstern auf allen Seiten, die vom Boden bis zur Decke reichten. Das flache Dach war mit roten Ziegeln bestückt und hinter dem Haus schloss sich der kleine Gemüsegarten an, der wiederum von niedrigen, akkurat geschnittenen Hecken die Grenze zur ungenutzten Weide bildete. Das Land auf dem seichten Hügel bot eine enorme Weitsicht bis hin zu dem Kiefernwäldchen vor dem Upper Red Lake.

Emily trug eine grüne Latzhose und Handschuhe. Sie hatte ein schmales, gepflegtes und ungeschminktes Gesicht und ihre kurzen Haare, die sie seit ihrer Jugend nie wieder gefärbt hatte, schimmerten dunkelblond. Auf ihrem Kopf saß ein Strohhut mit breiter Krempe.

Vorsichtig drückte sie die Erde um die Pflänzchen

fest, verharrte und lauschte auf ein Motorengeräusch in der Ferne. Nur selten verirrten sich Leute in diese Gegend oder zu ihr. Sie klopfte die Erde von ihren Handschuhen, legte die Hacke beiseite und ging um das Haus nach vorn.

Zu ihrem Anwesen gab es nur einen wenig befahrenen Feldweg. Die Bundesstraße lag östlich des Staatsparks und die Zweiundsiebzig, die Shooks mit Baudette verband, war weit genug entfernt, um nichts vom Straßenlärm und den Abgasen mitzubekommen.

In einer Meile Entfernung sah sie eine feine Staubwolke und eine Sonnenreflexion. Jemand hatte sich verfahren oder wollte zu ihr.

Sie streifte ihre Handschuhe ab, ging einige Schritte über die Wiese Richtung Hofeinfahrt und sah auf die Weide hinaus. Das war nicht Bernards Wagen, der üblicherweise die Post brachte. Es war ein Taxi.

Fröhlich trällerte ihr Hausgast aus den Büschen der Sonne entgegen. Seit Jahren nistete der Blue Jay unter dem Vordach der Scheune und hatte im vergangenen Frühjahr drei Junge großgezogen. Emily drehte sich um und suchte den Vogel zwischen den Zweigen, konnte ihn aber nicht sehen. Sie schmunzelte ausgeglichen.

Ein paar Minuten später kam das Taxi im Kies vor dem kleinen Brunnen zum Stehen. Ihr Hund, ein großer, heller Akbasch, setzte sich wachsam zu ihren Füßen. Emily wischte sich Reste der Erde von ihrer Schürze und war gespannt, wer sie besuchen kam. Niemand hatte sich angekündigt und ihre unmittelbaren Nachbarn Humphrey und Wadley würden nie mit dem Taxi zu ihr kommen. Sie hätten den Pick-Up genommen oder den Traktor.

Die hintere Tür sprang auf und eine junge rotblonde Frau stieg aus. Emily kannte sie nicht. Es folgte Betty auf der anderen Seite. Sie war eine große Frau geworden, füllig mit rundem Gesicht und einem gewaltigen Po. Ihre weichen Augen wirkten sanft wie früher und die verspielten Wellen ihrer Lippen und die kleinen Pausbäckchen waren unverkennbar.

Emily stieß einen Freudenschrei aus. Sie riss die Augen weit auf und breitete ihre Arme aus. Wie ein kleines Mädchen rannte sie dem Taxi und Betty entgegen.

„Du bist es wirklich." Emily strahlte und legte aufgewühlt ihre Hände an Bettys Schultern. Sie musste sie ansehen, sah in ihre Augen, auf ihre runden Wangen und konnte sich nicht länger zurückhalten. Freudig schmiegte sie ihren Kopf an Bettys und sagte: „Es ist so wunderschön, dich zu sehen."

„Ich liebe dich, Emily. Ich habe dich so sehr vermisst."

Emily ließ sie wieder frei, konnte es aber nicht lassen, sie weiter anzusehen. „Du siehst verdammt gut aus, Baby."

Betty war sprachlos. Sie lächelte und tätschelte Emily am Arm, dem Gesicht und den Schultern. Übergangslos zeigte sie auf die junge Frau. „Das ist meine Tochter Shirley. Sie ist siebzehn."

„Hey, Shirley. Schön, dich kennenzulernen. Du bist ein attraktives Mädchen. Ganz die Mutter", sagte Emily entzückt.

„Nun, die Nase und die Haare hat sie von ihrem Daddy."

„Kenne ich ihn?"

Betty schob die Lippen zusammen und nickte. „Ich

denke schon. Du hast ihm damals das Handy geklaut. Weißt du noch?"

Emily durchfuhr ein merkwürdig kribbelndes Gefühl. Diese Worte brachen ihre längst verschüttete Vergangenheit auf. Ihr Unterbewusstsein kramte die alten Erinnerungen hervor und ihr Herz begann zu hüpfen.

„Seth Stender. Zwei Jahre nach deiner Sache haben wir geheiratet."

„Du hast Seth geheiratet? Wie sieht er aus? Geht es ihm gut?" Die Erinnerungen sprudelten aus ihr hervor.

„Ja." Bettys Augen offenbarten Emily praktisch die vielen Fragen, die sich damit auftaten. Natürlich wusste Betty, dass Emily Seth damals sehr mochte. „Entschuldige, Herzchen", sagte sie. „Ich wollte dir nicht den Mann wegnehmen." Sie grinste und Emily wedelte beruhigend mit der Hand und lächelte.

„Das ist völlig in Ordnung. Wann stellst du mir deinen Mann vor? Ich hoffe, er ist ein guter Ehemann." Sie schmunzelte einseitig.

Betty nickte, wobei sie mächtig stolz aussah. „Das ist er. Er ist ein wahrer Schatz. Und wenn ich bedenke, dass du uns irgendwie zusammengebracht hast, kann ich dir nur dafür danken."

Shirley und der Taxifahrer holten zwei Reisetaschen aus dem Kofferraum und stellten sie neben dem Auto ab.

„Es ist gut, einen anständigen Mann an seiner Seite zu haben. Ich freue mich für dich", sagte Emily und beide sahen sich überglücklich an.

„Mein Gott ...", fing Emily an, „... wir haben uns eine Ewigkeit nicht gesehen. Die Überraschung ist dir wirklich gelungen." Noch einmal musste Emily sie fest umarmen. „Wie hast du mich gefunden? Ich habe niemandem meine Adresse gesagt."

„Das war purer Zufall, Kleines. Dabei wäre ich so gerne für dich da gewesen." Sie wischte durch die Luft. „Letztes Jahr haben sie über dich und deine Schönheitsfarm bei Fox berichtet."

„Ich kann mich gut daran erinnern. Während des Interviews war ich mächtig aufgeregt."

„Davon hab ich nichts bemerkt. Jedenfalls läuft deine Webseite nicht auf deinen Namen. Das hat es schwer gemacht, aber ich wollte es wissen und habe recherchiert."

„Du weißt, die Presse war wie ein Rudel scharfer Hunde", warf Emily ein.

Milde nickte Betty. „Ich bin der Spur weiter gefolgt. Am Telefon haben sie dichtgehalten und so habe ich mir deine Firma vor Ort angesehen." Betty griff Emily an den Arm. „Im Lager hat sich wohl jemand verplappert und mir eine Adresse gegeben. Frag nicht, was ich dafür alles angestellt habe. An dich kommt man schwerer als an den Präsidenten ran."

Emily lachte laut auf.

„Das war wirklich nicht leicht, Kleines."

Sanft nickte Emily. „Da bin ich mir absolut sicher." Sie stellte den Kopf schräg. „Sag mal, gibt es einen bestimmten Grund, warum du hier bist?"

Summend nickte Betty. „Ja, Liebes, den gibt es wirklich." Sie nahm ihre Handtasche vor die Brust und öffnete sie. „Am vergangenen Dienstag habe ich auf dem Markt Brokkoli und frische Äpfel gekauft. Anfangs wollte ich es gar nicht glauben, aber dann war es eindeutig." Sie drückte ihre Brieftasche auf und hielt Emily eine abgewetzte Fünf-Dollar-Note entgegen.

Emily sah sie fragend an.

Betty entfaltete den Schein und hielt ihn mit beiden Händen auseinander. „Sieh ihn dir an."

In der unteren rechten Ecke war eine verblasste Orchidee zu sehen, die mit Kugelschreiber aufgemalt war. Zaghaft nahm Emily den Schein und wischte mit dem Daumen über die Seriennummer. „Sieben mal die Sieben. Er ist es."

Grinsend sagte Betty: „Den wollte ich dir unbedingt bringen." Liebevoll breitete sie die Arme aus.

Nachdenklich stellte sich Emily zwischen Betty und Shirley und schob sie sanft zum Haus. „Denkst du, das Schicksal ist für unser Leben verantwortlich?", fragte sie leise.

„Ich weiß es nicht, Liebes. Aber falls es so ist, dann dürfte dein weiteres Schicksal etwas Gutes bringen."

„Meinst du?", fragte Emily verhalten und ließ die beiden die Stufen zur Terrasse vorgehen. „Ihr wollt euch bestimmt ein wenig von der Fahrt ausruhen."

Sie betraten das Haus.

„Du musst mir unbedingt alles erzählen, Liebes", sagte Betty am großen Esstisch, der mit einer weißen Decke und einem wunderschönen Blumenstrauß geschmückt war.

„Gerne, wir haben viel nachzuholen. Ich muss wissen, ob du glücklich bist, was Seth macht, welchen Job du hast und all die vielen Details. Ich habe doch alles verpasst." Emily brachte Zitronenlimonade und setzte sich zu ihnen.

Sie begannen von ihren vergangenen Jahren zu erzählen, was sie getan und erreicht hatten, welche Rückschläge und magische Momente ihr das Leben gesandt hatte.

Am Nachmittag legte sich Shirley auf den Liegestuhl vor das Haus in die Sonne und Betty sah ihr durch das Fenster zu. „Sie ist ein wunderbares Mädchen. Ich habe immer versucht, ihr eine glückliche Kindheit zu schenken."

„Früher wolltest du eine große eigene Familie."

Betty drehte sich zu Emily und kniff die Lippen zusammen, dann sagte sie: „Sie ist mein einziges Kind. Es hat sich so ergeben. Wer weiß, was die Zukunft bringt."

Emily erzählte von ihren Geschäften, den Angestellten, und wie sie sich über Monate hindurch die Nächte um die Ohren geschlagen hatte, um ihren Onlinehandel aufzubauen. Sie gestikulierte viel, war aufgeregt und verlor sich in Details.

Als es draußen dunkel wurde und Shirley bereits im Bett lag, öffnete Emily eine Flasche Rotwein und stellte Kerzen auf den Tisch.

Die beiden lachten und schwelgten in den witzigsten Momenten ihrer Jugend. Plötzlich verlor Emily ihr Lächeln und sie erzählte übergangslos von ihren schrecklichen Gedanken: „Nachdem mich William gefangen nahm, habe ich mich in eine Welt geflüchtet, die ich ertragen konnte." Sie senkte den Kopf. „Bereits nach kurzer Zeit vermochte ich die Wahrheit nicht mehr von meiner Vorstellung zu unterscheiden." Emily trank einen großen Schluck Wein und sah Betty in die Augen. „Bisher habe ich nie darüber gesprochen. Manchmal spüre ich in den Nächten auch heute den feuchten dunklen Keller, die Enge und Hilflosigkeit. In diesen Momenten rieche ich die abgestandene Luft und fühle die Angst in mir aufsteigen." Sie wischte sich über ein Auge. „Jeden Tag war die Angst präsent. Es war die Angst, was er mit mir, meinem Körper vorhat, und welche Schmerzen ich wieder ertragen musste. Und, es war niemand da, der mir helfen konnte.

In den letzten Jahren sind diese Träume seltener geworden und ich habe beinahe sein Gesicht vergessen. Aber in manchen Nächten, wenn es regnet, stürmt oder besonders dunkel ist, dann höre ich das unsägliche Tropfen in den Heizungsrohren, das Scharren der schweren Holztür und das Nagen der Ratten. Dann schnürt es mir die Kehle zusammen, als wäre ich wieder dort und das Schwein am Leben. Ich will vergessen und nicht mehr seinen Atem spüren oder seine großen Hände auf meiner Haut."

Betty hörte aufmerksam zu.

„In diesen Nächten kann ich nicht mehr schlafen, schaue die Decke an, streife unruhig durch das Haus oder schreie, weine, schwitze, zittere. Die Vögel der Nacht oder die Insekten auf der Weide beruhigen mich und erinnern mich an die Freiheit, und dass alles längst vergangen ist. Manchmal hilft ein warmes Bad und ich schaffe es, mich mit dem angenehmen Duft des Badeschaums abzulenken."

Betty legte ihre Hand auf ihren Oberschenkel und fragte leise: „Weißt du, dass der Mistkerl tot ist?"

„Ja", krächzte Emily, weil ihr die dunklen Erinnerungen die Kehle zusammenschnürten. „Er starb an dem Tag, als mein Kind geboren wurde." Sie lächelte gezwungen und war angespannt.

„Du hast ein Kind? Das wusste ich nicht."

„Seins. Ich war nicht in der Lage es anzufassen und konnte es nicht behalten oder jemals wiedersehen."

„Oh, das tut mir so unendlich leid." Betty umarmte sie wieder. „Was musstest du nur alles durchmachen."

In diesem Moment begann Emily, detailliert von

den ersten Tagen ihrer Entführung und der großen Verzweiflung zu erzählen, von den unendlichen Demütigungen und der allgegenwärtigen Todesangst. Sie beschrieb den Gestank in ihrer Zelle, erzählte von einer kleinen braunen Maus, die sie Charlie genannt hatte, und davon, wie sie das Essen mit ihr geteilt hatte, bis es drei oder mehr Mäuse wurden, und sie sich letztlich um das Essen gestritten haben.

„Das rostige Eisengestell war mit zwei schweren Ketten an die Wand geschraubt. Die Matratze war fleckig, durchgelegen und feucht. Ich habe jede einzelne Feder in meinem Rücken gespürt. Der kleine Tisch kippelte, egal wie ich ihn gestellt habe. Er stand direkt neben einem Wasserhahn, der ohne Waschbecken an der mürben Sandsteinwand hing. Auf dem Boden führte eine Rinne quer durch die Zelle und brachte an Tagen, an denen es draußen regnete, schmutziges Wasser, kleine Äste, Blätter und Käfer herein.

Manchmal höre ich die schurrenden Geräusche, bei denen er mit einer Schaufel durch den losen Sand fuhr, und das Schlurfen seiner Schuhe mit den groben Sohlen. Ich erinnere mich daran, wie die Schritte vor der Kellertür verstummten und ich wusste, er kommt und würde sich eine neue Foltermethode ausgedacht haben. Es folgte das Schaben des großen Schlüssels im Schloss und dann konnte ich seine hässliche Fratze im schwachen Licht sehen. Zu Essen bekam ich Küchenabfälle. Braun gewordene Apfelschalen, leere Becher mit Resten von Joghurt oder Quark, Wurstschalen, Eierschalen, Pflaumenkerne, eingetrocknetes oder schimmliges Brot. Solche Sachen. Ich war sein Hausschwein."

Emily berichtet in allen Einzelheiten über ihre Folter, die Erniedrigung und ihre Wunden, und wie sie sich in den ersten Monaten gewehrt hatte und dafür übel bestraft wurde. Wenn sie nicht essen wollte, quetschte er ihr die widerlichsten Dinge in den Mund und machte sie mit Folter und üblen Drohungen gefügig. Nach zahlreichen Fluchtversuchen war sie am Ende, gab sich auf und wollte nur noch sterben.

Sie zeigte Betty ihre Narben an den Unterarmen, am Bein und quer über ihren Bauch, und strich zärtlich darüber. „Jeden Tag hat er über meinen Körper bestimmt und sichtlich genossen, wie ich gelitten habe und ihm unterlegen war. Weißt du, wenn mein Verstand mir nicht vorgegaukelt hätte, wie wunderbar die Welt sein kann, wäre ich mit Sicherheit heute nicht hier. Es ist ein Wunder, zu was der Verstand in der Lage ist. Er gab mir die Kraft, weiterzumachen, zu atmen, zu leben."

Mit dem Handrücken wischte sich Betty Tränen von beiden Wangen. „Du bist so eine tapfere Frau. Und ich verabscheue Menschen wie ihn."

„Das Schlimmste von allem war, als er mir das Rückgrat brach. Dafür hatte er extra ein Gerät gebaut, mit einem langen Hebel daran und Lederriemen, an die er mich gefesselt hat. Das war, nachdem Tina mich in der Franklin Street gesucht hat. Noch am selben Tag musste ich mit ansehen, wie er sie vor meiner Zelle vergraben hat."

Betty hielt sich beide Hände vor den Mund. Bestürzt seufzte sie. „Also doch. Sie wurde nie gefunden."

Emily schluckte, nickte zustimmend und holte sich ein Taschentuch, in das sie kräftig schnäuzte.

„Ich kann mich gut an euer Verschwinden erinnern. Wir haben euch beide vermisst und eine große Suchaktion gestartet. Zuerst haben wir überall Zettel an die Masten gehängt, dann kamen die Anzeigen und - als Tina ebenfalls unauffindbar war - die Radiomeldungen. Ich habe mir eingeredet, ihr beide seid nach Nashville zu ihrer Großtante gegangen, um im Theater zu arbeiten. Ihr hattet das immer vor und wolltet mich nicht dabei haben." Sie senkte den Kopf. „Nachdem die Cops euren Fall unerledigt zu den Akten gelegt hatten, bin ich nach Nashville gefahren, um euch zu suchen. Nirgendwo gab es Hinweise. Ihr wart wie vom Erdboden verschwunden."

Betrübt nickte Emily, schob ihr Taschentuch in die enge Hosentasche und trank einen kleinen Schluck Wein. „Ich weiß nicht, wie er sie umgebracht hat", sagte sie leise und schluckte. „Aber ich konnte ihre Schreie hören, und die Schläge, die vielen Schläge, die nicht enden wollten." Die schrecklichen Erinnerungen brachten in diesem Moment einen Hauch vom Gestank der finsteren Zelle, und es fühlte sich an, als würde es kälter werden. Die feinen Härchen ihrer Arme stellten sich auf. „Ich habe so lange geschrien: *Nein, nein,* und immer wieder: *Du Schwein,* bis ich weinend zusammenbrach und mir meine Hilflosigkeit und die Erschöpfung die Sinne raubten. Als er Tina wie einen Kartoffelsack in das Grab warf, machte er extra die Zellentür auf, damit ich es sehen konnte. Später hat er mir immer wieder gedroht, dass es auch mein Schicksal werden würde, wenn ich nicht genau das machen würde, was er von mir verlangte."

Betty wischte sich die Tränen aus den Augen. „Das

ist so unfassbar schrecklich. Wenn ich bedenke, dass Seth damals auch auf dem Grundstück war, was hätte noch alles passieren können? Warum hat er nichts bemerkt? Ich weiß noch, wie er sagte, dass das Haus unbewohnt sei und er sein Geld abschreiben müsse."

Emilys Mund war trocken, und sie brauchte wieder einen kleinen Schluck, bevor sie weiterreden konnte. „So etwas hat niemand verdient, meine Liebe. Nicht das und nicht so."

Schluchzend sagte Betty: „Wäre ich doch nur pünktlich gewesen. Vielleicht hätten wir es gemeinsam verhindern und dich befreien können."

„Gib dir nicht die Schuld dafür. Es wäre ein Jammer, wenn er dich auch erwischt hätte."

Wie ein Häufchen Elend war Betty auf der Couch in sich zusammengesunken. Ihre Worte waren leise: „Aber warum hast du den Cops nichts davon erzählt? Bis heute weiß ihre Familie nicht, wo Tina geblieben ist."

„Ich habe nie über diese Zeit gesprochen. Ich konnte es nicht." Emily atmete schwer. „Aber du hast Recht. Ich werde zu den Cops gehen und ihnen alles sagen. Für den Frieden von Tina, ihrer Familie und meiner eigenen Seele."

„William hat uns alles genommen. Tina, deine Jugend, die Zeit, den Glauben an die Menschenwürde, selbst das Recht und unsere Freundschaft."

„Nein, nicht unsere Freundschaft. Die hat nur eine Pause eingelegt", sagte Emily.

„Bist du noch in Behandlung? Wirst du klarkommen? Ich möchte dir so gerne helfen. Sag mir einfach, was ich für dich tun kann."

Emily legte ihre Hand auf Bettys Arm. „Schon in

Ordnung. Es ist vorbei, Liebes. Ich bin über die Sache hinweg und habe mein Leben wieder in die Hände genommen. Zweifellos ist es ein anderes als zuvor, aber weißt du, ich mag mein Leben, so wie es jetzt ist."

Betty legte beide Hände an ihre und drückte sie fest. „Das ist gut. Du sagst mir aber, wenn du mich brauchst, okay?"

Emily nickte.

„Ich glaube, ich wäre in dem Keller gestorben."

„Manchmal nimmt das Leben merkwürdige Wege. Niemand kann sich darauf einstellen und niemand weiß, wo es uns eines Tages hinführen wird. Heute ist es in Ordnung, wie es gekommen ist. Du musst dir keine Sorgen machen, mir geht es wirklich gut."

„Aber, wie kann jemand so eine schwere Zeit überstehen? War alles nur eine Vorstellung, deine Einbildung?"

Emily schmunzelte. „Das war wirklich verrückt. Damals war ich sicher, dass wir eine Wette abgeschlossen haben, bei der ich mit dem Schwein freiwillig mitgegangen bin. Daraufhin hat sich die Geschichte jeden Tag verdichtet. In der Einsamkeit hatte ich nichts, außer meinen Gedanken."

„Verstehe."

„Nein, das kannst du nicht, Liebes. Aber das ist in Ordnung. Niemand sollte das erfahren müssen."

„Und der Schmerz hat dich aus der realen Welt gerissen?", wollte Betty wissen.

„Nichtmal das. Bei der Sache, als er mir das Rückgrat brach, bildete ich mir ein, einen Verkehrsunfall gehabt zu haben. Ist schon verrückt, oder?"

„Echt? Du hast Recht. Das kann ich mir wirklich nicht vorstellen."

„Mein Geist hat mir eine ansprechende Welt vorgegaukelt, die ich ertragen konnte." Emily trank einen Schluck und lehnte sich zurück, dann schmunzelte sie mit verstellten Lippen. „Nach einer Art Hochzeitszeremonie zwang er mich dazu, einen Ring mit weißem Stein anzulegen. Als ich ihn am folgenden Tag nicht mehr am Finger trug, brach er mir den Ringfinger und steckte den Ring an den nächsten." Sie hielt eine Hand nach oben und fächerte die Finger auf. Der Ringfinger war krumm zusammengewachsen. Sie beugte ihn mehrmals schnell hintereinander. „Siehst du, er funktioniert noch. Das hat mir William nicht genommen." Emily atmete schwer durch. „Früher habe ich geglaubt, dass alles auf der Erde für den Verlust und die Zerstörung bestimmt ist, und ich habe nach diesem absurden Glauben gelebt. Doch jetzt sehe ich das Leben und die Welt klarer. Ich weiß, warum die Blüten nur für eine kurze Zeit ihren Glanz erblicken lassen, warum die Bäume im Herbst die Blätter verlieren, Krankheiten verschwinden und mein Finger wieder zusammenwachsen konnte. Es ist das Gleichgewicht, der Rhythmus der Zeit."

Betty vergaß, ihren Mund zu schließen.

„Ich habe am Geheimnis des Lebens gekratzt, ohne es jedoch vollständig begriffen zu haben. Meine aufgewühlte Ungeduld ist zur Neugier geworden und zum Ansporn, reale Wunder zu sehen. Heute spüre ich die Kraft, diese Welt zu formen. Dabei spreche ich von einer Hoffnung, die zum Anbeginn der Zeit in Stein gemeißelt wurde und die jeder Mensch nutzen kann, wenn er sie begreift."

Betty schwieg. Sie regte sich keinen Millimeter und musste ihre Freundin einfach nur ansehen. Dazu schenkte ihr Emily ein bezauberndes Lächeln, welches mit Wärme und der Energie einer aufgeräumten Heiterkeit erfüllt war.

„Du hast es wahrlich geschafft und lebst im Grunde das Gegenteil von deinem früheren Ich. Komm her, meine Freundin, ich bin unglaublich stolz auf dich und überglücklich, dich so zu sehen." Sie umarmten sich.

„Danke, Liebes. Es hat lange gebraucht, um hier anzukommen, zu sehen und zu erkennen." Emily beugte sich zurück und tippte sich an die Schläfe. „Ich habe begriffen, dass unser Glück hier drinnen beginnt. Es kann nur von innen kommen." Emily erhob sich und nahm die leere Weinflasche mit. „Was meinst du, vertragen wir noch eine Kleinigkeit?" Sie ging zur Küche.

„Ja, ich denke, das kann ich jetzt gebrauchen. Der Wein ist ausgezeichnet. Wo hast du so einen guten Tropfen her?"

„Der ist von einem Familienbetrieb bei Neapel. Meine Sekretärin kennt dort jemanden. Irgendwann reise ich selbst dorthin." Mit der geöffneten Weinflasche und einer Schüssel Knabbergebäck kam sie zurück, goss die Gläser voll und setzte sich neben Betty.

„Aber du darfst nie wieder verschwinden. Versprochen?"

Breit grinsend entgegnete Emily: „Wenn, dann nur mit dir."

Betty nahm sich eine Handvoll Kekse und Nüsse. Es war wunderbar still in diesem Haus und der Gegend. Hier draußen gab es nur Emily, ihren Hund und die Natur.

„Macht es dir etwas aus, darüber zu reden?"

„Du meinst die Gefangenschaft?"

Betty nickte zurückhaltend. „Du musst nicht ..." Emily unterbrach sie: „Das ist okay. Was willst du wissen?"

„Na ...", druckste Betty. „Der Ring. Warum hatte der Typ diese Zeremonie gemacht?"

Emily nippte vom Wein und lehnte sich bequem zurück. „Der war einfach nur krank und hat in irrationalen Vorstellungen seine Fantasie ausgelebt."

Gespannt drehte sich Betty zu ihr, zog die Beine an und ruckte etwas auf der Couch umher, bis sie die richtige Position gefunden hatte.

Emily erzählte weiter: „Seit dem besagten Tag musste ich den Ring immer tragen, auch wenn er viel zu eng war und mich schmerzte. Ich ertrug die Schmach, schaltete in Gedanken ab und ergab mich der Hoffnungslosigkeit.

An irgendeinem Tag, als er mir das Essen brachte, hatte er Probleme mit dem Herzen. Diese Gelegenheit konnte ich nicht ungenutzt lassen und rannte los. Noch vor der Haustür schlug er mir mit einem Brett heftig in den Rücken. Ich brach zusammen. Das genügte ihm aber nicht und er baute diesen Apparat, damit ich nie wieder fliehen kann. Ein paar Tage darauf besorgte William einen alten Rollstuhl. Und da ich nicht mehr weglaufen konnte, kutschierte er mich manchmal hinter dem Haus in der Freiheit herum, wo ich die Sonne und den Wind spüren konnte. An einem dieser Tage begegnete uns Frank Holt mit seinen zwei Terriern. William konnte ihm nicht rechtzeitig ausweichen und hatte Probleme, sich aus der Situation zu winden. Du kannst dir ja vorstellen, wie ich nach Monaten – ich wusste nicht, wie lange ich schon eingesperrt war – aussah. Ich war blass und völlig abgemagert. Frank glaubte ihm zwar seine Geschichte von der Enkeltochter und den Ferien, aber zu meinem Glück griff er engagiert durch und alarmierte den Notarzt. William hatte mir einen Katheter gesetzt und war ständig an meiner Seite. Falls ich etwas gesagt hätte, brauchte er nur das Gift zu spritzen und ich wäre in Sekunden lahmgelegt oder tot. Ich hatte keine Wahl.

In der Klinik, in die mich der Notarzt einwies, war William unaufmerksam und ließ mich für einen Augenblick unbeobachtet. So konnte ich fliehen und versteckte mich hinter einem großen Baum. Hier sah ich lange Zeit in das Blätterdach und zu den Wolken, lauschte den Geräuschen und spürte den Wind. Ich umarmte den Baum und wollte ihn um Rat fragen. Du musst wissen, ich stand unter irgendwelchen Drogen und hatte es zu diesem Zeitpunkt verdammt schwer, einen klaren Gedanken zu fassen. Meine Zunge fühlte sich wie gelähmt an, die Leute verstanden meine Worte nicht, obgleich es sich für mich richtig anfühlte. William war verdammt clever. Schließlich hatte er alles zu verlieren."

„Dir hat niemand geholfen?" Betty war fassungslos.

„Wahrscheinlich hätte man mir geholfen. Aber ich habe mich versteckt. Sie konnten mich einfach nicht finden. Ich hatte einen inneren Zwang, das zu tun, was ich tat. Dagegen kam ich nicht an."

„Was für ein Sadist. Ich bin so froh, dass er tot ist."
Emily nickte.

„Und dann? Was hast du unter dem Baum gemacht?", fragte Betty.

„Tja, meine Liebe", Emily stöhnte. „Ich rollte zur Steilküste, wo ich mich herunterstürzen und dem

Elend ein Ende bereiten wollte. Einen anderen Ausweg sah ich damals nicht. Ich wusste, er würde mich finden und wieder quälen, und genau das konnte ich nicht zulassen. Kurz bevor ich mich in den Abgrund stürzen konnte, hielt er mich am Knöchel fest und brachte mich in das Zimmer zurück. Dort sagte er mir, dass es nicht die schlechteste Idee sei und zwang mich dazu, zwei Tabletten zu schlucken." Sie machte eine Pause, trank etwas und sah Betty tief in die Augen. „Ich wollte es genauso. Ich war außerordentlich froh über seine Entscheidung und habe mich auf den Tod gefreut. Das Schwein legte mich in die Wanne, ließ kaltes Wasser ein und schnitt mir die Pulsadern auf. Seine Augen leuchteten freudestrahlend, als er dabei zusah, wie das Blut aus meinem Körper schoss. Und auch ich genoss den Augenblick. Endlich vorbei – dachte ich - und der Schmerz versank in der Erleichterung.

Wenn nicht Oberschwester Kimberley aufgetaucht wäre, hätte sein Vorhaben Erfolg gehabt. Rasch zog mich William aus dem Wasser und legte mich tropfend vor die Wanne. Er prüfte den Puls und tat, als hätte er mich bei einem Suizidversuch ertappt. Leider funktionierte seine Ablenkung nur allzu gut, denn ich wurde bewusstlos und war nicht imstande, es aufzuklären.

Noch in derselben Nacht entführte mich William in irgendein neues Gefängnis. Das war um keinen Deut besser als sein Keller und genauso beängstigend, feucht, schlicht und ohne Tageslicht. Sein Spiel konnte weiterlaufen."

„Wieso ist er nicht in sein schäbiges Haus zurückgegangen?"

„Nach dieser Sache konnte er nicht einfach zurückgehen. Und wie ich später erfuhr, suchten uns die Cops tatsächlich am selben Tag in der Franklin Street. Nur fanden sie dort nichts, außer jeder Menge Indizien."

„Wo hat er dich hingeschleppt?", warf Betty ein.

„Sie haben mir gesagt, dass ich in Logan in einem alten Fabrikgebäude gefangengehalten wurde."

„Du wurdest doch erst Jahre später gefunden, oder?"

Emily nickte. Beide schwiegen und versanken in Gedanken.

„Du bist so tapfer", sagte Betty.

„Nein, das bin ich nicht. Ich habe es nur ertragen. Meine Wahrnehmungstäuschung wich so stark von der Realität ab, dass ich im größten Elend glücklich war. Selbst ein Stück Plastik, ein abgebrochenes Teil eines Puppenhauses, völlig pinkfarben, sah ich als Geschenk an." Emily sah Betty mit spitzen, getrockneten Lippen an. „Als meine Zellentür von den Cops aufgebrochen wurde und ich die Sonne wieder sehen konnte, lösten sich einzelne Teile aus dem prächtigen Bild meiner Vorstellungen. Und die Teile fielen in sich zusammen, bis mich winzige grelle Sternchen aus einer bedrohlichen Finsternis heraus blendeten. Da wusste ich nicht, ob es mein Ende war oder was auch immer passierte. Die Welt, so wie ich sie mir gemacht hatte, brach in sich zusammen und schlug mit machtvoller Staubwolke krachend ins Nichts. Aus den glitzernden Punkten und den vorbeiziehenden Linien über dem tiefen Schwarz bildeten sich langsam Formen und Strukturen der Realität. Die Welt hatte mich zurück und ich war wieder da. Doch wer ich war - wer ich wirklich war - wusste ich nicht mehr."

Nach ihren ausführlichen Schilderungen fühlte sich Emily aus tiefster Seele befreit. Und beide redeten die ganze Nacht, bis die Sonne wieder aufging.

„Ich habe jeden Tag gehofft, dass mich Gott erlöst", sagte Emily und sah gedankenversunken auf den Tisch zu dem Geldschein mit der Orchidee. „Anscheinend sollte mein Leben noch nicht zu Ende sein. Wie es aussieht, hält das Schicksal nicht nur die schlechten Tage für uns bereit, sondern bildet den vorherbestimmten Kontrast im naturgegebenen Gleichgewicht. Sieh mich an, meine Liebe. Jetzt bin ich hier." Sie lächelte sanft, nahm die Fünf-Dollar-Note, zögerte und hielt inne. Sie schwebte auf die Terrasse hinaus und atmete die kühle Morgenluft ein. Ein seichter Wind fegte über die Wiese und der Tau funkelte in den ersten Sonnenstrahlen. Sie hielt den abgenutzten Schein, der ihre Erinnerungen trug, gegen das Licht und ließ ihn zwischen ihren Fingern flattern. Betty legte ihr eine Hand auf die Schulter und flüsterte: „Ab sofort musst du den Glücksschein für immer behalten. Dann wird er dich bis ans Lebensende beschützen."

Emily lächelte sanft. „Wir alle leben in einem großen Traum und niemand sollte von den Zeichen der Gunst abhängig sein. Jeder ist für sich selbst verantwortlich. Ich habe keine Angst mehr. Nicht vor der Vergangenheit und nicht vor der Zukunft oder dem Leben. Denn heute, meine Freundin, habe ich alles erreicht, was ich mir je erträumt habe. Jetzt bin ich die Königin, die ich einst sein wollte und besitze mein eigenes Königreich. Es liegt in mir, in meinem Herzen und es ist mehr, als ich mir je hätte erträumen können."

Sie löste ihre Finger. Der Wind nahm ihr den Schein ab und er stieg in die Lüfte hinauf, drehte sich wieder und wieder und schwebte tanzend zu den Wolken.

ENDE

Danksagung

Ursprünglich war „Orchideen im Wind" als Kurzgeschichte angedacht, die als Lückenfüller zwischen zwei Verlagsromanen erscheinen sollte. Auch wenn der vorliegende Roman letztlich noch immer relativ kurz geblieben ist, erwuchs über die Jahre eine ausgewachsene Geschichte daraus, die vom Stil vor allem Lesern und Leserinnen des Thrillers „Für eine Stunde" gerecht werden sollte. Zwar gibt es Parallelen, wie den Generationenkonflikt, die Protagonistin und den grausamen Hintergrund, jedoch unterscheiden sich einige Stilmittel grundlegend voneinander. Letztlich wurde aus „Orchideen im Wind" ein eigenständiger Roman.

Bereits vier Jahre vor der Veröffentlichung ging das Buch an zahlreiche Testleser heraus und bekam im Anschluss zwei umfangreiche Überarbeitungen, durch die nicht nur der Seitenumfang zunahm, sondern auch die Spannung durch zusätzliche Details erhöhte. Und genauso soll es sein.

Von Anfang an wollte ich Ihnen eine Geschichte bieten, die Sie für eine gewisse Zeit aus dem Alltag in eine ferne Welt entführt.

Nun hoffe ich, dass Sie, liebe Leserin und lieber Leser, mit dem vorliegenden Ergebnis zufrieden sind. Ich habe eine Welt der abstrusen Träume und der emotionalen Belastung konstruiert und die menschliche Psyche aufgezeigt. Denn sie ist es, die manchmal absurde Wege geht, die innere Stärke und den Mut im Würgegriff auf die Probe stellt und den Glauben an sich selbst zerstört.

Und weil es immens viel Arbeit macht, ein Buch zu schreiben und herauszubringen, braucht es neben der Zeit auch die Hilfe vieler anderer. Heute möchte ich all jenen danken, die mich dabei unterstützt haben.

Für die hilfreichen Kommentare, Ideen und Verbesserungsvorschläge möchte ich Karen Böttcher, Steffi Eckhoff-Emme, Beate Majewski, Melanie Jeannette Unger, Priska Mühlberger, Luis Hoffmann, Silke Maruhn und Mandy Bodin danken. Mit ihren konstruktiven Ratschlägen und den vielen motivierenden Worten konnte die Story verbessert und vorangetrieben werden.

Ein besonderer Dank gebührt Ilona Német, die mich bei der finalen Korrektur bereits bei dem Thriller „Das Moran Phänomen" begleitet hat und mit ihren professionellen Tipps eine runde Geschichte daraus gemacht hat.

Ebenso danke ich den Betreibern von unzähligen YouTube-Kanälen, Blogs und Webseiten, bei denen ich für die spezifischen Recherchen viele Informationen sammeln und einiges an Fachwissen dazulernen konnte.

Letztlich möchte ich nicht versäumen, mich bei Ihnen, liebe Leserin und lieber Leser, für den Kauf dieses Buches zu bedanken. Denn nur durch Sie ergibt die ganze Arbeit einen Sinn und führt meine Bestimmung des Schreibens zur Vollendung.

Danke für die vielen unterstützenden Rezensionen, das positive Feedback und die hilfreichen Empfehlungen.

Danke!
Perry Payne

Romane und Bücher von Perry Payne

Abgestürzt im Trockenwald – Dornen des Chaco

Erschienen bei PPB und TwentySix
Geschichte nach wahrer Begebenheit
Taschenbuch, 220 Seiten
ISBN-13: 978 3740782405 (auch als EBook erhältlich)

Bei einem Routineflug stürzt die Beachcraft Bonanza in der „Grünen Hölle" von Paraguay ab. Jo, Dr.Engelmann und der Pilot Serrato überleben das Unglück. Ohne Vorräte und Ausrüstung machen sie sich auf den gefährlichen Weg durch das unzugängliche Gebiet. Bei sengender Hitze und ohne Ausrüstung und Wasser stoßen die Männer schnell an ihre Grenzen. Durst, Dornen, bösartige Insekten, giftige Spinnen und Schlangen werden zu Gegnern im Kampf um das Überleben. Ihnen bleibt nicht viel Zeit, denn der Trockenwald ist gewaltig groß. Und niemand zuvor hat die grüne Hölle des Chaco jemals unvorbereitet überlebt.

Occasion – Die zweite Welt

Erschienen bei PPB – Perry Payne Books
Endzeit, Science-Fiction, Leben, Liebe
Taschenbuch, 492 Seiten
ISBN: 978 3740769086 (auch als EBook erhältlich)

Unausweichlich rast ein gigantischer Planet auf die Erde zu. Die Prognosen für das Fortbestehen der Erde sind verschwindend gering. Während auf der Erde das Chaos ausbricht, die Wirtschaft und jegliche gesellschaftliche Strukturen zum Erliegen kommen, versuchen die Menschen auf den unbekannten Planeten zu fliehen. Jedoch reichen die Kapazitäten der Shuttles nur für eine kleine Elite. Ein heißer Kampf um die Flugtickets entbrennt weltweit, auch wenn niemand weiß, was die Menschheit auf dem fremden Planeten erwartet.

Acht Einzelschicksale in acht Geschichten, die miteinander verwoben sind, vor, während und nach der größten Katastrophe der Menschheit.

28m²-Die Probandenstudie

Erschienen im Franzius Verlag GmbH
Thriller
Taschenbuch, 326 Seiten
ISBN 978-396050-168-8 (auch als EBook erhältlich)

Sydney, eine junge Studentin aus Greenville meldet sich zu einer Probandenstudie an und wird in einem Raum ohne Fenster und Türen gesperrt. Sie muss sechs Wochen lang für ihr Essen kämpfen und die Zeit überleben. Den einzigen Kontakt kann sie über einen alten Computer zu weiteren vier Probanden herstellen. Als die Zeit endlich um ist, beginnt ihr wahrer Kampf.

Für eine Stunde

Erschienen im Franzius Verlag GmbH
Thriller, Fantasy, Liebe, Lebensgeschichte
Taschenbuch, 346 Seiten
ISBN: 978-3960501305 (auch als EBook erhältlich)

Noch vor ihrem 18. Geburtstag muss Amy Graham ihr Elternhaus verlassen. Auf dem Weg zu ihrem unbekannten Großvater wird sie brutal vergewaltigt. Daraufhin versteckt sie schwere Depressionen hinter einer quirligen, offenherzigen Art, die die Menschen um sie herum tief berührt. Doch niemand erkennt ihren Schmerz, außer einem Fremden, der jeden Tag für genau eine Stunde aus einer längst vergessenen Zeit zu ihr kommt.

„Wenn ein Mädchen zur Frau wird, oder ein Junge zum Mann, dann bilden sich Synapsen, die mit neuer Lebensenergie den Geist im Wandel der Dualität vollenden. Wird dieser Moment unterbrochen, dann befindet sich deine Seele außerhalb der Ordnung aller Dinge."

Das Moran Phänomen

Erschienen über PPB und TwentySix
Thriller
Taschenbuch, 322 Seiten
ISBN: 978-3740785222 (Taschenbuch) 978-3740778330 (eBook)

Ungewöhnliche Dinge passieren im verschlafenen Städtchen Moran in Wyoming. Immer mehr Menschen sterben auf mysteriöse Weise. Als Ursache stellen sich winzige, tödliche Blasen heraus, die sich zu einer undurchdringlichen Barriere um die Bergregion ausbreiten. In wenigen Tagen werden die Einwohner vollständig eingeschlossen. Die Angst wächst und verändert die Menschen.

Wie viele Männer braucht das Glück

Erschienen im Justtales Verlag
Liebesgeschichte, Spannung
Taschenbuch, 280 Seiten
ISBN: 978-3-947221-20-2 (auch als EBook erhältlich)

Als Sina Hamlin ihre Scheidungspapiere in der Hand hält, glaubt sie, ihre einzige Chance auf Glück vertan zu haben. Josy, ihre beste Freundin, bei der sie seit der Trennung wohnt, ist anderer Meinung. Sie überredet Sina zu 20 Dates innerhalb des folgenden Monats. Zögernd lässt sich Sina darauf ein, findet mit der Zeit sogar Gefallen daran, baut Freundschaften auf und erfährt ihren ersten berauschten Sex. Die aufgeschlossenere Josy hingegen muss um ihre bisher geordnete Existenz bangen und so wirbelt dieser Monat das Leben beider jungen Frauen ordentlich durcheinander.

Witziger, verrückter und überaus prickelnder Roman voller Spannung und überraschendem Ende.

KATE - Die letzte Göttin

Erschienen im Franzius Verlag GmbH
Fantasy, Abenteuer
Taschenbuch, 320 Seiten
ISBN-13: 978-3960500575 (auch als EBook erhältlich)

Eine verwirrende Dreiecksgeschichte beginnt, als Kate Neverate, die auf der Suche nach ihrem Sohn ist, in den Hades verschleppt wird. Denn die Unterwelt, allen voran Trish, die Tochter des Dolios, hat ein starkes Interesse an Kates Tod. Während Trish jedes Mittel recht ist, um Kate in der Unterwelt zu töten, und dafür den Sterblichen Jaime benutzt, verliebt sich dieser in die hinterhältige Trish. Ihr Plan, dass Jaime Kate über ihre Liebe vernichtet, scheint zu scheitern. Auch, weil einige Götter und ihre Töchter einschreiten, die das Überleben der Menschheit sicherstellen wollen. Und dafür brauchen sie Kate.
(Zweites Buch aus der „KATE"- Reihe)

KATE - Eine Göttin auf Erden

Erschienen im Franzius Verlag GmbH
Fantasy, Abenteuer
Taschenbuch, 417 Seiten
ISBN-13: 978-3960500490 (auch als EBook erhältlich)

Kate, die wunderschöne Meeresnymphe wird vom Olymp auf die Erde verbannt. Sie ist mächtig und schlau, kennt aber die Menschen nicht und hat keine Vorstellung davon, wie sie leben. Ohne ihre göttlichen Kräfte hat sie es auf der Erde schwer und ist gezwungen, sich auf diese primitive Spezies einzulassen. Sie entdeckt die neue Welt mit ihrer quirligen Art und sorgt für reichlich Wirbel bei den Menschen. Eigentlich wäre ihre Verbannung gar nicht so übel, wenn nicht ein mächtiger Gott versuchen würde, sie zu töten.
(Erstes Buch aus der „KATE"-Reihe)

Lennart Beck - Experiment seines Lebens

Erschienen bei PPB – BookRix
Kurzgeschichte
ISBN: 979-875572944-4 (Taschenbuch, ca. 112 Seiten incl. Bonusmaterial)
ISBN: 978-3-7368-9186-9 (als EBook, ca. 40 Seiten incl. Bonusmaterial)

Lennart ist ein erfolgloser Wissenschaftler, chaotisch und exzentrisch. Durch einen Zwischenfall wird er selbst zur Versuchsperson eines dubiosen Experiments. Das halb fertige Mittel verändert schlagartig sein Leben und die ersten Erfolge stellen sich ein. Doch an der Spitze seines Ruhms sieht alles völlig anders aus.

Reisetagebuch Paraguay

Erschienen bei PPB / Vertrieb durch Amazon
Ratgeber, Bildband
Hardcover, Hochglanz 132 Seiten
ISBN: 978-3-00-061074-5

Der Binnenstaat Paraguay bietet viel unberührte Natur, zahlreiche Naturschutzgebiete und Sehenswürdigkeiten, wie der Ybycuí-Nationalpark, das Regenwaldgebiet, Botanische Gärten, die christlichen Missionen als Weltkulturerbe und verschiedene Museen. Im Gegensatz dazu gibt es moderne Shoppingcenter und traditionelle Märkte, auf denen einheimische Handwerkskunst feilgeboten wird. Touristisch ist das südamerikanische Land ein unbeschriebenes Blatt und ideal für Individualreisende geeignet. Auch für Langzeiturlauber hat Paraguay einiges zu bieten. Neben dem warmen Klima, etwa 300 sonnigen Tagen pro Jahr und der gelassenen Mentalität der Einheimischen, zählen vor allem die günstigen Preise für Ferienhäuser und Grundstücke.

- 294 Farbfotos
- 14 begleitende Videos (über QR Code)
- Bonusartikel über die Zeiten der Pandemie
- Erfahrungsbericht vom Land und der Kultur
- Ausflugsziele & Sehenswürdigkeiten
- Tipps für Urlauber und Abenteurer

perry-payne.de